ME ABRACE MAIS FORTE

Obras do autor lançadas pela Galera Record:

Me abrace mais forte

Dois garotos se beijando

Garoto encontra garoto

Naomi & Ely e a lista do não beijo, com Rachel Cohn

Invisível, com Andrea Cremer

Todo dia

Will & Will – Um nome, um destino, com John Green

Nick & Norah: Uma noite de amor e música, com Rachel Cohn

ME ABRACE MAIS FORTE
DAVID LEVITHAN

TRADUÇÃO DE REGIANE WINARSKI

1ª edição

RIO DE JANEIRO
2015

CIP-BRASIL. CATALOGAÇÃO NA FONTE
SINDICATO NACIONAL DOS EDITORES DE LIVROS, RJ

L647t
Levithan, David
Me abrace mais forte: A história de Tiny Cooper / David Levithan; tradução Regiane Winarski. – 1. ed. – Rio de Janeiro: Galera Record, 2015.

Tradução de: Hold me closer
ISBN 978-85-01-10582-0

1. Ficção americana. I. Winarski, Regiane. II. Título.

15-23788

CDD: 028.5
CDU: 087.5

Título original:
Hold me closer

Copyright © 2015 John Green e David Levithan

John Green e David Levithan são os autores da obra
Will & Will – Um nome, um destino.

Publicado mediante acordo com Dutton Children's Books, um selo de Penguin Young Readers Group, que faz parte de Penguin Random House, LLC.

Todos os direitos reservados. Proibida a reprodução, no todo ou em parte, através de quaisquer meios. Os direitos morais do autor foram assegurados.

Texto revisado segundo o novo Acordo Ortográfico da Língua Portuguesa.

Composição de miolo: Abreu's System

Direitos exclusivos de publicação em língua portuguesa somente para o Brasil adquiridos pela
EDITORA RECORD LTDA.
Rua Argentina, 171 – Rio de Janeiro, RJ – 20921-380 – Tel.: 2585-2000, que se reserva a propriedade literária desta tradução.

Impresso no Brasil

ISBN 978-85-01-10582-0

Seja um leitor preferencial Record.
Cadastre-se e receba informações sobre nossos lançamentos e nossas promoções.

Atendimento e venda direta ao leitor:
mdireto@record.com.br ou (21) 2585-2002.

Para Libba,
que por mim seria a estrela de todos os musicais

e

Para Chris,
que eu gostaria que estivesse ao meu lado
sempre que eu assistisse a um

MENSAGEM DE APRESENTAÇÃO
de **Tiny Cooper:**

Me abrace mais forte tem a intenção de ser verdadeiro. (Exceto pela parte em que as pessoas começam a cantar de repente; isso só é verdade às vezes.) Nenhum nome foi alterado, a não ser que a pessoa tenha ficado muito irritada ou furiosa porque eu estava escrevendo sobre ela e tenha me pedido para trocar. Dito isso, certos ex-namorados não tiveram oportunidade de decidir se os nomes deles seriam ou não usados. Se eles têm algum problema com isso, não deviam ter me dado um pé na bunda, pra começo de conversa.

Como eu, este musical foi feito para ser barulhento e espetacular, apesar de haver momentos tranquilos. Pessoas que não entendem o teatro musical (i.e., a maior parte da minha família e uma boa porção da grande Chicago) costumam pensar nele como sendo não realista. Eu discordo. Afinal, o que é a vida senão uma série de momentos barulhentos e tranquilos com um pouco de música no meio? O que quero dizer é: antes que você monte uma produção de *Me abrace mais forte*, seja no auditório da sua escola de ensino médio ou na Broadway, é importante perceber que a verdade às vezes é silenciosa... e outras vezes é barulhenta e espetacular. Você nem sempre pode escolher a forma que ela assume.

Mas estou me adiantando. É melhor pensar neste roteiro como um show de um homem só que por acaso também tem um monte de gente participando. Sei que não vai ser fisicamente possível para mim estrelar todas as produções... mas não deixe de me consultar quando você começar a selecionar o elenco. O musical já mudou um pouco desde a primeira produção épica. Essa é a grande questão sobre a vida e o amor: todas as vezes que você dá outra olhada, tem mais uma coisa que pode ser revisada.

Por enquanto, só vou dizer isto: meu nome é Tiny Cooper e está na hora de abrir as cortinas para minha história bombástica, impressionante e espero que também estupenda.

PERSONAGENS
(em ordem de aparição)

TINY COOPER, idades zero a 16
MAMÃE, a mãe de Tiny
PAPAI, o pai de Tiny
LYNDA, a babá lésbica descolada
PHIL WRAYSON, o melhor amigo de Tiny (na maior parte do tempo)
SR. FRYE, o treinador babaca
FANTASMA DE OSCAR WILDE, como ele mesmo
EX-NAMORADOS Nº 1 A Nº 17, em parada
WILL, EX-NAMORADO Nº 18, o mais recente e, portanto, o mais importante
DJANE, amiga de Tiny e a garota por quem Phil Wrayson está apaixonado (sem admitir)
GRANDE ELENCO de moradores da cidade, integrantes do coro da igreja, colegas do time de beisebol, participantes da Parada do Orgulho Gay e afins.

NÚMEROS MUSICAIS

PRIMEIRO ATO

"Eu nasci desse jeito" .... Tiny

"Ah! Que bebê grande e gay!" .... Tiny, Mamãe, Papai, Grande elenco

"Religião" .... Tiny, Mamãe, Papai, Grande elenco

"A balada da babá lésbica" .... Lynda, Tiny

"Ei, o que cê tá fazendo?" .... Phil Wrayson, Tiny

"Segunda base" .... Tiny, Grande elenco

"Eu sei, mas por que não consigo falar?" .. Tiny, Grande elenco

"Declarando o óbvio" .... Mamãe

"O que se faz?" .... Papai

"Sei que isso não deve ser fácil para você" .... Tiny, Papai, Grande elenco

"Cara, você não podia ser mais gay" .... Phil Wrayson, Tiny

"Quem tá na linha de frente (gosta que ataquem
    por trás)" .... Grande elenco

"O que está faltando? (Está faltando o amor) ..... Tiny, Lynda, Fantasma de Oscar Wilde

SEGUNDO ATO

"Parada dos ex-namorados"......Tiny, Seus 18 ex-namorados

"Eu gosto".................................Tiny, Ex-namorado nº 1

"O tamanho do pacote"..........................Tiny, Grande elenco

"Perto de um beijo"......................Estrela de cinema anônima

"Você é maravilhoso! Não quero namorar
você!".......................................Ex-namorado nº 5

"Verão de alegria"....................Tiny e coro do acampamento

"Não aperte o botão"......................Fantasma de Oscar Wilde

"Me guardar"...................Tiny, Ex-namorados, Grande elenco

"Não era você"...Tiny

"Embriagado de amor"............................Phil Wrayson, Djane

"Outra coisa" ....Tiny

"Encerramento" ....Grande elenco

PRIMEIRO ATO

Em um subúrbio nos arredores de Chicago,
começando no nascimento de Tiny, há 16 anos.

SEGUNDO ATO

Mesmo local, só que agora Tiny está namorando.

PRIMEIRO ATO, CENA 1

*O palco está escuro, e, no começo, só se escutam mur-
múrios, um batimento cardíaco e respiração pesada.
Tipo cachorrinho ofegante mesmo. Em seguida, vemos
no meio do palco um grande pedaço de papel exibindo
duas pernas nuas abertas, discretamente cobertas por
um lençol de hospital. O som de batimentos fica mais
alto. A respiração fica mais ofegante e mais frenética,
como se um dinossauro estivesse sentado no Papai Noel
e, ao mesmo tempo, fazendo cócegas no velho. Finalmente, como em qualquer* crescendo, **TINY COOPER**
*vem ao mundo, rompendo o papel e entrando no palco
de forma espetacular.*

*Não estamos procurando realismo aqui. Ele não deve
estar nu e coberto de líquido amniótico. Isso é nojento.
Não deve estar usando fralda. Ele não curte essas coisas. Em vez disso, a pessoa que aparece deve ser o Tiny
Cooper grande e estiloso que veremos nos dois atos seguintes. Para identificá-lo em comparação aos Tiny de
outras idades, o ator precisa estar usando um crachá
dizendo* IDADE: O.

*A maioria dos bebês chega ao mundo chorando, ofegan-
do ou soltando meleca.*

Não Tiny Cooper.

Ele vem ao mundo cantando.

Cue: Acordes iniciais de **EU NASCI DESSE JEITO.** *É um número grandioso, cheio de energia, gritado, pois temos de admitir que se Elphaba tivesse tido a chance de cantar "Defying Gravity" no começo de* Wicked*, ela teria passado o resto da peça muito, muito mais feliz. Tiny acabou de cair no mundo, alguns diriam que foi empurrado, e já tem ideia de quem é e o que vai fazer. A música e a produção* precisam *retratar isso. Brilho, pessoal. Muito brilho. Não sejam avarentos com o brilho. O motivo de as drag queens gostarem tanto de brilho é que a purpurina é uma coisa barata.*

TINY:

Oi, meu nome é Tiny Cooper... Qual é o seu?
Acabei de nascer e, cara, como é bom!

Acordes iniciais da música.

["EU NASCI DESSE JEITO"]

TINY:

Eu nasci desse jeito,
grande e com orgulho gay no peito.
Eu nasci desse jeito,
bem aqui neste esplêndido leito.

Não adianta tentar
entender como fiquei
tão G-A-Y.
Desde meu primeiro chiado
o arco-íris se virou pro meu lado.

Tenho cabelo castanho,
quadris largos
e olhos verdes sagazes.
E quando eu crescer
já sei que vou ficar
com muitos rapazes!

Pra que tentar esconder?
Que bem isso poderia fazer?
Eu nasci desse jeito
E, se você não gostou,
é você quem tem defeito.

Se você não entendeu,
resolva a questão com Deus.
Quem você acha, afinal,
que me fez tão sensacional?

Todos os filhos de Deus merecem sapatos
sejam para pés chatos
ou com ponteiras cintilantes.
Vou entrar nessa vida dançando
e vou ficar dançando
por todo o caminho brilhante.

Eu nasci desse jeito,
grande e com orgulho gay no peito.
Eu nasci desse jeito,
bem aqui neste esplêndido leito.

Não adianta tentar
entender como fiquei
tão G-A-Y.
Desde meu primeiro chiado
o arco-íris se virou pro meu lado.

Tenho genes que me caem bem
e personalidade única e forte.
Eu nasci desse jeito...
O resto depende da sorte!

Gritando bem alto agora.

Eu
nasci
desse
jeito.

E amo
o jeito
como
nasci.

O resto
depende da sorte.

Mas estou pronto,
ah, como estou pronto,
para viver bem até a morte!

Quem tiver alguma objeção a este musical já deverá ter saído do teatro a essas alturas. E tudo bem. Isso quer dizer que, pelo resto do tempo do espetáculo, a plateia presente estará acompanhando bem.

Tiny Cooper vai até a lateral do palco, para perto da plateia. O palco é esvaziado. Há um holofote apontado para ele. (Você vai precisar de um holofote bem grande.)

Um comentário sobre o holofote: deve ficar bem claro desde o começo que esse é o lugar especial de Tiny. Conheço muitas pessoas, como meu melhor amigo Will e meu ex mais recente (também chamado Will — longa história), que querem ficar o mais distante possível dos holofotes. Mas alguns de nós absorvem energia desses momentos elétricos em que todo mundo está olhando, todo mundo está ouvindo e o silêncio é o mais perfeito que você possa imaginar, com a sala toda esperando para ouvir seja lá o que você dirá em seguida. Principalmente para aqueles de nós que costumam se sentir ignorados, um holofote é um círculo de magia, com a força para nos tirar da escuridão de nossa vida diária.

A questão sobre um holofote é que você precisa entrar nele. Você tem de subir naquele palco. Ainda não me senti pronto para muitas coisas, mas desde cedo me senti pronto para isso.

TINY:

Não consigo me lembrar de uma época em que eu não era gay, apesar de haver percebido isso melhor em momentos específicos. E não consigo me lembrar de uma época em que eu não era enorme, o que simplesmente acabava com a opção de me esconder. Este era meu normal: grande e gay. Eu jamais pensaria que houvesse alguma coisa de incomum nisso. Só que eu não morava sozinho em uma ilha decerta. [*O erro ortográfico é proposital.*] Não, tinha de haver outras pessoas ao redor. E a reação que observei em algumas delas me deixou envergonhado. As pessoas acham que bebês não conseguem entender o que elas falam. Mas estão enganadas. Eles entendem, sim.

O holofote volta para o centro do palco. **A MÃE DE TINY** *está empurrando um carrinho de bebê meio grande, de um tom meio berrante de cor-de-rosa.* **O PAI DE TINY** *está andando ao lado dela. A* **MULTIDÃO** *é composta de vizinhos, todos enxeridos, muitos deles cheios de críticas. Enquanto cantam* **AH! QUE BEBÊ GRANDE E GAY!**, *é preciso criar a sensação de que eles ficam intrigados e incomodados por ter um bebê tão grande e gay entre eles. Quanto a Mamãe e Papai, eles não se importam em ter um bebê grande e gay, mas estão cansados, porque ter um bebê grande e gay dá muito trabalho. Não só* *porque ele quer dançar a noite toda e exige milk-shakes da mãe de hora em hora, mas por causa das perguntas incessantes dos vizinhos e da "orientação" de parentes que parecem pensar que Mamãe e Papai têm controle sobre o quanto seu bebê grande e gay é grande e gay.*

Mamãe e Papai não podem me fazer ficar hétero tanto quanto não podem me fazer ficar baixinho. Existe uma coisa chamada biologia, e é ela que manda. Mamãe e Papai sabem disso. Outras pessoas, não.

A música agora tem uma melodia antiquada de gente de cidade pequena, meio como os habitantes da cidade em O vendedor de ilusões *cantariam se Harold Hill tivesse levado uma criança homossexual para a cidade em vez de instrumentos de sopro.*

[AH! QUE BEBÊ GRANDE E GAY!]

MULTIDÃO:
Ah! Que bebê grande e gay!
Deve pesar uns 10 quilos.
Ah! Que bebê grande e gay!
Por que está fazendo esses ruídos?

TINY:
(faz sons de bebê em ritmo de discoteca, como se tivesse inaugurado uma boate gay na Vila Sésamo)

MULTIDÃO:

Ah! Que bebê grande e gay!
Dar de mamar deve ser de doer!
Ah! Que bebê grande e gay!
Só Björk o faz adormecer!

MAMÃE E PAPAI:

Possivelmente talvez...
Possivelmente talvez...

MULTIDÃO:

Ele prefere enfermeiros deliciosos
E chora quando vê acessórios horrorosos.
Tem bundinha e sabe rebolar.
Gosta da chupeta e sabe sugar.
Ah! Que bebê grande e gay!
Caprichem nas fraldas de tamanho gigante!
Ah! Que bebê grande e gay!
Arrumem um berço de elefante!

MAMÃE E PAPAI:

Vejam nosso bebê grande e gay...
não se lê sobre isso nos manuais para pais.
Vejam nosso bebê grande e gay...
não era o que esperávamos quando estávamos à
    espera.
Oi, querido bebê grande e gay,
você talvez precise correr antes mesmo de saber
    andar.

MULTIDÃO:

Ah! Que bebê grande e gay!
Não sabemos bem o que sentimos sobre ele.

HOMENS NA MULTIDÃO:

Seja homem, garoto! Seja homem!

MULHERES NA MULTIDÃO:

Esse é nosso plano, garoto! Esse é nosso plano!

MULTIDÃO:

Ah! Que bebê grande e gay!
Já é do tamanho de um tiranossauro rex.
Ah! Que bebê grande e gay!
Não se impressiona com gente do outro sexo.
Ele dança músicas animadas
e tem bochechas enormes e inchadas.
Queríamos que ele soubesse respeitar, mas de
um bebê grande e gay, o que se pode esper...

MAMÃE E PAPAI (*falando*):

Shhh! Ele está dormindo!

MULTIDÃO

(*em ritmo de cantiga de ninar*):
Boa noite, Sondheim, boa noite, junho.
Boa noite, bicha, boa noite, sonho.

Bem-vindo, bebê grande e gay!
Você vai descobrir...
que este é um mundo e tanto!

PRIMEIRO ATO, CENA 2

Agora Tiny tem 4 anos. (Se ele estiver usando um crachá, troque para IDADE: 4.) *O carrinho é tirado do palco, e Mamãe e Papai voltam carregando um banco parecido com um de igreja. Eles se sentam, com Tiny no meio. O coro se arruma atrás deles, em formação de coral.*

Tiny parece um pouco desconfortável entre os pais.

TINY:
Não demorou para que meus pais me apresentassem à religião deles. Eu tinha 4 anos, então não sabia que havia a possibilidade de questionar. Além do mais, queria muito pertencer. Sei que é a história da vida de todos nós, mas tudo começa aqui. Mais que qualquer coisa, queremos pertencer a nossas famílias.

PAPAI:
Filho, é muito importante para mim que você leve isso a sério.

TINY:
Sim, Papai.

MAMÃE:

Isso não é para ser questionado. Fomos criados assim, e é assim que vamos criar você. É *muito* importante para nós.

TINY:

Eu entendo, Mamãe.

MAMÃE E PAPAI:

Que bom.

A música de **RELIGIÃO** *deve ser... hã... religiosa. Intensa como um cântico de igreja, como se entoada por um verdadeiro coral. Deve ser cantada com muita seriedade, como se estivéssemos em um templo de adoração. Não de um jeito* Mudança de hábito, *de música gospel... as desse espetáculo* NÃO *são freiras lideradas por Whoopi Goldberg. Essa família é do Illinois. E não da parte gospel do Illinois. Estamos no meio do subúrbio aqui.*

Tiny parece pouco à vontade no banco.

[RELIGIÃO]

PAPAI, MAMÃE E CORO:

Todo domingo
Todo domingo
Todo domingo

é nosso dia
de religião.

Todo domingo
Todo domingo
Todo domingo
nos reunimos
para orar.

Todo domingo
Todo domingo
Todo domingo
é dia de
visitação.

Todo domingo
Todo domingo
Todo domingo
nós os vemos
jogar.

Uma televisão em um carrinho é colocada em frente à família Cooper. Papai liga o aparelho. Eles são iluminados pelo brilho do jogo. Todos os integrantes do coro pegam bandeiras do Chicago Bears e dedos de espuma formando o número 1, e começam a balançar de forma sincronizada, ainda no estilo de igreja.

Conforme a música continua, vemos Tiny ficar mais e mais absorto.

PAPAI, MAMÃE E CORO:
Ave Maria
Ave Maria
Ave Maria...
Passa a bola, animal!

Vá com Deus
Vá com Deus
Vá com Deus...
Faz logo esse *touchdown*!

(Como em um hino religioso, o coro agora se divide em um grupo de homens e um de mulheres, um ecoando o outro.)

MULHERES:
Lembrem-se do "Super Bowl Shuffle".

HOMENS:
Lembrem-se do "Super Bowl Shuffle".

MULHERES:
Nesta terra que Deus fecundou...

HOMENS:
Nesta terra que Deus fecundou...

MULHERES:

... vencemos o vigésimo Super Bowl.

HOMENS:

... vencemos o vigésimo Super Bowl.

MULHERES e HOMENS juntos (*em um* crescendo):
Ditka!
Ditka!
Ditka!

(Para aqueles que preferem fugir de esportes a qualquer custo, Mike Ditka não apenas foi jogador quando o Chicago Bears venceu o campeonato nacional de 1963, mas também o técnico principal quando o time venceu o de 1985. É como Bernadette Peters ganhar um Tony por Song & Dance, *em 1985, e depois voltar, em 2007, e vencer por dirigir uma nova montagem. O que não aconteceu, mas eu gostaria que tivesse acontecido.)*

Enquanto Mamãe, Papai e o coro torcem silenciosamente pelo Bears, Tiny fala, sentado no banco (também conhecido como o sofá verde-limão da sala):

TINY:
Me envolvi com a religião de meus pais não por ser necessário, não porque eles me obrigaram, mas porque me convidaram e me mostraram a beleza dela, a fé que requeria,

a devoção que uma pessoa poderia dedicar a algo que não fosse ela mesma. Durante o período mágico de setembro a janeiro, nos fechávamos para o mundo exterior no horário do jogo, assistindo à coreografia intrincada e espontânea de cada *face-off*, na televisão ou no próprio estádio. Só um não crente olha para o futebol americano e vê força bruta. Um crente consegue ver todas as camadas: a estratégia, o trabalho em equipe, as personalidades individuais se encaixando. Não dá para controlar o jogo da arquibancada, então amar este esporte quer dizer ter de se entregar ao imprevisível, ao desconhecido. Seu coração sofre a cada perda, mas nunca se quebra. Você canta com alegria invencível a cada vitória, mas permanece vulnerável quando chega o jogo seguinte. Meus pais me ensinaram tudo isso, às vezes me contando, mas quase sempre por meio de exemplos.

Tiny agora participa da música.

TINY, PAPAI, MAMÃE e CORO:
No frio,
no vento,
estaremos ao seu lado.

Sua dor,
seu êxtase,
nós vamos sentir.

Durante quatro horas
não vai haver outras preocupações.
Só o som das jogadas
do que acontece com nossos campeões!

PAPAI (para TINY):
Você joga a bola e torce.

TINY (*repetindo, aprendendo*):
Você joga a bola e torce.

PAPAI (para TINY):
Você pega a bola e corre.

TINY (*repetindo, aprendendo*):
Você pega a bola e corre.

MAMÃE e CORO:
Enquanto vocês se reúnem no campo,
Vamos nos reunir em casa.
E vamos rezar.
Vamos rezar e dizer amém.

(TINY e PAPAI cantam junto.)
Todo domingo
Todo domingo

Todo domingo
E às vezes às segundas também!

Faça um esforço para transmitir a sensação de estar com a família no domingo, vendo a final. Pode parecer um número superficial no contexto geral da vida de Tiny Cooper, mas garanto que não é. A pureza da crença dos pais, mesmo sendo em nome do futebol americano, é um dos faróis da vida de Tiny e permite que ele faça todas as coisas que está prestes a fazer. Ele não será um urso quando crescer (bem, ao menos não o mascote de pelúcia que corre pelo campo de futebol), e, na verdade, quando sua vocação musical o dominar, vai haver domingos em que ele deixará de assistir ao jogo por causa de uma matinê em horário conflitante. Mas ele ainda absorve a energia gerada nesses tempos primordiais e a usa para encontrar sua própria religião, que vai fazer bem a ele, mesmo que às vezes seja incrivelmente confusa.

Os pais de Tiny não sabem e nunca vão entender, mas são os exemplos dele.

PRIMEIRO ATO, CENA 3

Os integrantes do coro saem do palco, mas Tiny fica no banco, ainda com os pais o flanqueando.

TINY:

Meus pais me protegeram das pessoas cheias de ódio que existiam por aí no mundo. Eu era a coisinha favorita de minha mãe e de meu pai, e isso sempre ficou claro para mim. Mas, conforme fui crescendo, eles não podiam mais estar presentes o tempo todo.

PAPAI:

Eu tenho reuniões.

MAMÃE:

Tantas reuniões que atrapalham. Eu tenho funções e planos.

PAPAI:

Tantas funções que nós mesmos não funcionamos.

MAMÃE:

Estamos comprometidos com compromissos.

PAPAI:
Muito comprometidos com compromissos.

No banco, Mamãe e Papai começam a se afastar, a fazer outras coisas. Tiny muda o crachá para que mostre IDADE: 5.

TINY:
Por causa de meu tamanho, todo mundo sempre achou que eu era mais velho do que realmente era. A professora do jardim de infância tentou me mandar embora no primeiro dia de aula. Acho que teria me servido uma vodca com tônica se eu pedisse. Mas, apesar de meu corpo ter crescido, meu coração e minha mente ainda tinham a idade que deveriam ter. E, conforme meus pais foram se afastando mais e mais, outras pessoas entraram em minha vida.

Mamãe e Papai saem do banco. **LYNDA** *aparece na coxia. Ela está vestida como uma garota de 16 anos muito descolada e pé no chão.*

TINY:
O primeiro relacionamento íntimo que tive com alguém de fora da família foi com Lynda, minha babá lésbica. Não faço ideia se meus

pais sabiam que ela era lésbica. Não faço ideia se na época *eu* sabia o que isso queria dizer. Eu só sabia que *idolatrava* Lynda. Para mim, ela era tudo que a idade adulta representava... fazer ligações, saber o que estava passando na TV, *dirigir um carro*. Para mim, 16 anos parecia o *auge* da idade adulta. E, de vez em quando, Lynda me deixava chegar perto dessas coisas, ver como era de verdade.

LYNDA:
Quem é meu cara favorito?

TINY:
Eu!

LYNDA:
E quem você nunca vai namorar?

TINY:
Cretinos e babacas!

LYNDA:
Isso aí.

Lynda está sentada no banco ao lado de Tiny. Apesar de Tiny vê-la como alguém naturalmente velho, ela é apenas uma garota de 16 anos lidando com as merdas de todo mundo, inclusive as dela. O tempo que passa com

Tiny é sua fuga do mundo lá fora, e ela quer ensinar a ele umas coisinhas sobre a vida antes de inevitavelmente deixá-lo para estudar em Oberlin.

A BALADA DA BABÁ LÉSBICA *é vulnerável e melancólica, como se a própria Joni Mitchell tivesse aparecido a uma taxa de dez dólares por hora para compartilhar um pouco de sua sabedoria cansada do mundo com o garoto grande e gay de quem cuida.*

Você ganha um bônus se conseguir encontrar uma atriz para fazer o papel de Lynda que tenha cabelo comprido o bastante para se sentar em cima. Ela era incrível a esse ponto.

Acordes iniciais da música.

[A BALADA DA BABÁ LÉSBICA]

LYNDA:
Venha até aqui
e me dê um abraço,
pois minha alma foi maltratada
e está um bagaço.
Eu e Heather
nascemos para um eterno namoro,
mas agora ela gosta de couro
e sapatões energéticas,
que a fazem passar a noite sentindo-se elétrica.

TINY:
Posso fazer alguma coisa?

LYNDA:
Só uma massagem
porque sinto que envelheci.
Massageie meus ombros
e me tire dos escombros
da relação que vivi.

Ele faz uma massagem nas costas dela.

Me dê meu caderno de desenho,
que esse sofrimento louco
vai servir para tirar
minhas esperanças do esgoto.
Olhe e aprenda, Tiny,
a acabar com a fúria e o fel
ao soltar os sentimentos
em uma folha de papel.

TINY (*para a plateia*):
Não importaram meus 5 anos...
Eu vi a dor dela se formando.
Assim como um mago
lutando com um inimigo mortal,
ela a enfrentou cara a cara
e foi até o final.

Desenhando as garotas que sempre a magoaram,
rascunhando os amores que partiram.
Aquela dor imensa se abrandou
Quando as palavras difíceis ela desenhou.

LYNDA (para TINY):

Anseie pelo momento
em que tudo desaba no chão.
Anseie pelo momento
em que você tem de arrumar o coração.

Pode parecer o fim do mundo...
mas é sua arte em ascensão.

*Lynda desenha durante um instrumental, depois baixa
o caderno, suspira e canta a próxima estrofe para Tiny.*

LYNDA:

Venha aqui
me dar um beijinho
porque minha fé nas pessoas
está bem no finzinho.

Ele dá um beijo na bochecha dela.

Eu e Leigh
nascemos para nos curtir,
mas agora ela quer fugir

com uma francesa intelectual
que curte um papo cabeça
E ela nem gosta
de sexo *oral*.

TINY:

Posso fazer alguma coisa?

LYNDA:

Uma massagem nos pés
pra aliviar meu revés.
Massageie meu pescoço,
não quero ser o caroço
do fim de um namoro.

Me dê meu caderno de desenho,
que esse sofrimento louco
vai servir para tirar
minhas esperanças do esgoto.
Olhe e aprenda, Tiny,
a acabar com a fúria e o fel
ao soltar os sentimentos
em uma folha de papel.

Você está ouvindo?

TINY:

Estou ouvindo.

LYNDA:

Você está vendo?

TINY:

Estou vendo.

LYNDA E TINY:

Anseie pelo momento
em que tudo desaba no chão.
Anseie pelo momento
em que você tem de arrumar o coração.

Pode parecer o fim do mundo...
mas é sua arte em ascensão.

Lynda arranca uma folha e dá para Tiny, que a dobra com cuidado e a guarda. (Ele ainda tem o desenho.)

A música termina, mas os conselhos continuam. (Ele ainda lembra.)

LYNDA:

Não caia na armadilha de pensar que as pessoas são metades e não partes inteiras.

TINY:

As pessoas são metades?

LYNDA:

Ainda não estão tentando convencer você disso, mas acredite, essa hora vai chegar. A ideia de que dois é o ideal e de que um só é bom como sendo a metade de dois. Você não é uma metade e nunca deve tratar ninguém como metade. Combinado?

TINY:

Combinado!

Ela o abraça. Fim da cena.

PRIMEIRO ATO, CENA 4

Quando o palco fica escuro (e o cenário é trocado), Tiny dá um passo à frente e fica novamente sob o holofote.

TINY:

Ter por perto uma babá e os pais é muito bom, mas o que eu queria de verdade era um melhor amigo. Eu tinha muitos amigos, não havia escassez de convites para festas de aniversário em *meu* escaninho, mas eu ainda não tinha encontrado meu comparsa, meu companheiro de aventuras, a mão direita por quem eu daria meu braço esquerdo.

E aí, Phil Wrayson entrou em minha vida.

Tenho certeza de que entrei na Liga Júnior porque queria jogar beisebol. Mas logo descobri que a melhor parte da Liga Júnior não eram os jogos, mas sim o tempo em que não estávamos jogando, quando só estávamos juntos na reserva ou no campo. Phil Wrayson e eu estudávamos na mesma escola, mas foi só na Liga Júnior que nos conhecemos.

Nesse momento, um garoto vestido de carregador de tacos entra e entrega a Tiny um boné de beisebol e um crachá que diz IDADE: 8.

Quando as luzes se acendem no palco, o cenário foi transformado no banco de reservas de um jogo de beisebol. No momento, o único garoto sentado nele é **PHIL WRAYSON,** *absorto em pensamentos. Ele tem um livro aberto diante de si, mas não está lendo. Todos os outros jogadores estão em campo.*

Fisicamente, não há nada de chamativo em Phil Wrayson. Ele é bonito, mas não há nada acentuado em sua beleza. Dá para imaginar centenas de outros garotos bonitos como ele. O ponto importante de Phil Wrayson é que ele é mesmo um bom garoto. Sei que isso é difícil de mostrar no palco, mas tem alguma coisa na bondade de Phil que precisa ser transmitida. Mais uma vez, não é nada chamativo; um cara que anuncia a própria bondade é só mais um babaca. A bondade é simplesmente uma parte de quem Phil é. Ele nem percebe.

As cadências de **EI, O QUE CÊ TÁ FAZENDO?** *são como as cadências de dois garotos de 8 anos, mesmo que o nível de vocabulário possa ser aumentado aqui por uma questão de efeito dramático/cômico (drômico? comático?). Tiny está se esforçando para iniciar uma conversa musical com Phil, mas, no começo, o outro não se envolve. Por sorte, Tiny é persistente, como Angel em* Rent, *mas sem o cross-dressing e o fantasma da AIDS pairando sobre tudo. No fim da música, Tiny e Phil ficaram amigos.*

[EI, O QUE CÊ TÁ FAZENDO?]

TINY (*cantando com alegria*):
Ei, o que cê tá fazendo?

PHIL (*falando sem levantar o rosto*):
Nada de mais.

Parece que a música acabou. A música mais curta na história da amizade. Phil começa a ler o livro que tem diante de si, um pouco constrangido por ter sido pego sonhando acordado. Tiny tenta de novo.

TINY (*cantando*):
Ei, o que cê tá lendo?

PHIL (*falando*):
Tô lendo sobre cobras.

Ele mostra o livro. É sobre cobras. Mais uma vez, parece que a música vai acabar. Mas Tiny insiste.

TINY (*cantando*):
Ei, o que diz aí?

PHIL (*falando*):
Sobre cobras?

TINY (*cantando*):
É, sobre cobras. Me conte tudo que eu sempre quis saber sobre cobras, mas tinha medo de perguntar!

PHIL (*falando*):
Ah... muitas delas são venenosas.

TINY (*cantando*):
E?

PHIL (*falando, mais animado*):
A mais comprida em cativeiro foi Medusa, um píton de 7 metros e meio.

TINY (*cantando*):
E?

PHIL (*cantando*):
E a dieta de Medusa incluía coelhos, porcos e cervos inteiros pra engolir!

TINY (*sorrindo e cantando alto*):
Isso é a coisa mais legal que já ouvi!

Phil parece surpreso por essa explosão repentina de amizade. Nesse ponto, os jogadores do outro time, todos de uniforme, voltam e se sentam perto dos dois. O livro de Phil desaparece, e um caderno surge no lugar. Os jogadores do outro time saem, e Phil abre o caderno.

Todo o diálogo é cantado daqui em diante, até o fim da música.

TINY:
Ei, o que cê tá fazendo?

PHIL:
Tô tentando entender matemática.

TINY:
Uma matéria inventada por uma pessoa problemática.

PHIL:
Uma pessoa que nunca foi simpática.

TINY:
Problemática, terrivelmente antipática...
É a pessoa que inventou a matemática.

Os dois garotos ficam orgulhosos da interação. Mas agora há uma pausa constrangida. Até que Phil inesperadamente (para os dois) se manifesta.

PHIL:
Ei, o que cê tá fazendo?

TINY:
Só pensando, sabe como é.

PHIL:
Sei como é ficar pensando.

TINY:
Me vejo de pé num campo, olhando para o céu...

PHIL:
... mas o que realmente vejo são pensamentos ao léu.

TINY:
Eu finjo que as nuvens são personagens de uma novela...

PHIL:
Faço amizade com a grama.

TINY:
Há nuvens apaixonadas, nuvens que se desejam...

PHIL:
Tenho medo do treinador me jogar na lama.

Depois que canta esse verso, Phil fica desanimado, e Tiny repara. Os outros jogadores voltam, e de novo o palco fica cheio de gente indo e vindo. Tiny desce do palco para falar com a plateia.

TINY (*falando*):

Phil se tornou um bom jogador da primeira base. Descobri que meus talentos no basquete e no futebol, dois esportes onde pessoas de tamanho grande são apreciadas, não eram transferíveis para o campo de beisebol. Rapidamente, consegui o recorde da liga de levar boladas dos arremessadores.

Nada é capaz de cimentar uma amizade como um inimigo em comum. E na Liga Júnior descobrimos isso na figura de um certo treinador déspota fascista chamado Sr. Frye. Não mudei o nome dele porque adoraria ver o Sr. Frye tentar me processar. Manda ver, Sr. Frye. Não tem um júri no mundo que tenha gostado das aulas de educação física.

Tiny se senta no banco, agitado e inquieto. Os outros jogadores sentam-se também.

O **SR. FRYE** *aparece. Ele é feio e está fora de forma. Sabe aqueles professores de educação física que obrigam você a fazer dez mil abdominais apesar de não conseguirem ver a parte de baixo do corpo há mais de vinte anos? Os que sopram o apito como se fossem o mestre e você o cachorro? Pois então, é ele.*

SR. FRYE (*falando*):
Vamos lá, suas bichinhas. Não quero vocês dando pinta pelo campo, entendido? Isso aqui não é um time de *softball*. Quero vocês mandando brasa aqui. Billy, sua vez.

Um dos garotos se levanta do banco e sai do palco. Os olhos dos garotos o acompanham. Eles começam a torcer.

SR. FRYE (*gritando*):
Ande, Billy! Foi sua mãe que ensinou como se segura um bastão? Isso aqui não é *jardinagem*. Espere a bola em vez de *ficar* aí plantado *sem fazer nada*.

A torcida de Tiny supera a de todos os outros.

TINY (*exageradamente efeminado, até paquerador*):
Ei, rebatedor. BALANCE, rebatedor!

JOGADOR AGRESSIVO Nº 1:
Idiota. *Nosso jogador* está rebatendo. Você o está distraindo!

PHIL (*em defesa de Tiny*):
Tiny é feito de borracha. Você, de cola. O que você diz quica nele e volta pra sua cachola.

JOGADOR AGRESSIVO Nº 2:
Tiny é gay.

SR. FRYE:
Ei! Ei! Nada de insultar os companheiros.

PHIL (*com valentia*)**:**
Isso não é insulto. É só uma coisa, tipo, algumas pessoas são gays, assim como outras têm olhos azuis.

SR. FRYE:
Cale a boca, Wrayson.

JOGADOR AGRESSIVO Nº 1 (*sussurro alto*)**:**
Vocês são tão gays um com o outro.

PHIL:
Não somos *gays*. Temos 8 anos.

JOGADOR AGRESSIVO Nº 1:
Você quer ir pra a segunda base... COM TINY.

TINY:
Segunda base?

Tiny se levanta e dá um passo para a beira do palco, na frente do treinador, que está morrendo de raiva. **SEGUNDA BASE** *vai começar.*

Essa performance é de Tiny, mas todo mundo estará olhando para os garotos de uniforme. Esse tem de ser o número de dança de beisebol mais homoeroticamente carregado desde "I don't dance" em High School Musical 2. *Enquanto Tiny dança, os garotos do coro, inclusive Phil, fazem uma coreografia altamente marcada, hilária, elaborada e antiquada, com passos exagerados, usando os bastões como bengalas e os bonés como cartolas. No meio do número, metade dos garotos gira os bastões na direção da cabeça da outra metade, e, apesar de ser totalmente de mentira, quando os outros garotos caem para trás dramaticamente e a música é interrompida, a plateia ficará sem ar. Momentos depois, todos pulam em um movimento único e a música recomeça. (Ou, se você não for capaz de fazer isso tudo, faça com que seja divertido.)*

Primeiro, o treinador leva um susto. Tiny está tomando conta do time, conquistando-os com sua música. Ao perceber isso, o treinador sai, batendo os pés.

Em outro momento, Billy deve voltar do jogo e entrar na dança. Não queremos que ele perca a diversão só porque está na sua vez de rebater.

O principal aqui é que, como deve ficar óbvio pela letra, Tiny não faz ideia do que está falando. Ele não está se revelando como gay para os colegas de time, só está fazendo uma pergunta. E fica claro que não sabe a resposta. Ele não pensou muito em sexo. Só tem 8 anos.

[SEGUNDA BASE]

TINY:

O que é a segunda base pra um gay?
Se você não puder me contar,
vou procurar quem saiba porque eu não sei.
Quando eu entrar no campo,
quero saber pra onde correr.
Não quero ficar de fora
antes da diversão acontecer.

O que é a segunda base pra um gay?
Seria brincar com peitinhos?
Não posso ver como isso possa ser bom.
Tem mesmo de ser esse o caminho?

CORO:

Ei, rebatedor!
Balance, rebatedor!

TINY:

É dormir de conchinha ou de calcinha?
Falar mal ou balançar o pau?
Quente ou frio, rápido ou devagar,
abraçar forte ou soltar?

CORO:

Ei, rebatedor!
Vai, rebatedor!

TINY:

É carnal ou cármico?
Pastoral ou tântrico?
É Ontário ou Saskatchewan?
É olhar a Islândia ou apalpar o Paquistão?

Mande a resposta em uma garrafa
ou jogue para cá de uma nave...
mas alguém por favor me conte
como um gay chega à segunda base!

*Há um longo interlúdio instrumental para o número de
dança homoerótico de beisebol, seguindo o refrão:*

CORO:

Bata baixo, rebatedor,
para aumentar o nosso...
placar!

Bata baixo, rebatedor,
para aumentar o nosso...
placar!

TINY:

Vou deslizando até a segunda base
ou mergulho de cabeça?
Posso roubar quando ninguém estiver olhando
ou vou ter problema à beça?

Olhei na Bíblia e li Sedaris.
Até consultei meu *Relíquias da Morte*.
Por favor! Ainda nem cheguei à primeira,
mas preciso saber se a segunda é a da sorte!

CORAL:

Bata baixo!
Bata com força!
Bata baixo, batedor!
Bata com força!

Com esse final vibrante, a plateia deve aplaudir violentamente. Use isso como intervalo para esvaziar o palco. Só Tiny fica. Ele precisa tirar o crachá que diz IDADE: 8 *antes de falar.*

TINY:

Mesmo Phil não tendo resposta pra todas as minhas perguntas, como onde fica a segunda base pra um gay, ele se tornou a pessoa mais importante de minha vida. No ensino fundamental II, acabei dando um soco no nariz do Sr. Frye ao defender Phil. Enquanto isso, quando Phil me defendia, ele era um pouco mais... sutil.

Ele era meu melhor amigo. Mas ainda havia algumas coisas sobre as quais não podíamos falar.

Phil entra andando no palco, usando as roupas do sétimo ano. Ele entrega a Tiny um crachá que diz IDADE: 12. *Se dá a seguinte conversa:*

PHIL:
Ei, o que cê tá fazendo?

TINY:
Nada de mais, e você?

PHIL:
Nada de mais. *(Faz uma pausa. Olha para Tiny.)* Olhe, Tiny. Se você quiser falar comigo sobre coisas de garotos, você sabe que pode, né?

TINY:
Coisas de garotos? Como cobras e aviões e guerras?

PHIL:
Não, de... garotos. Não é porque meu gosto é diferente que não podemos falar sobre isso. Eu fico falando com você de garotas o tempo todo.

TINY:
Não faço *ideia* do que você está dizendo. Você viu o jogo do Bears ontem à noite?

Phil parece decepcionado e sai do palco. Enquanto isso, Tiny se vira para a plateia.

TINY:
É sempre mais fácil culpar os outros por nos impedirem de fazer alguma coisa. Mas às vezes a única pessoa que nos impede... bem... somos nós mesmos.

PRIMEIRO ATO, CENA 5

O carregador de tacos aparece e entrega para Tiny um novo crachá que diz IDADE: 14.

TINY (*falando*):

Às vezes, um período de grande vazio interior pode durar semanas, meses e até anos. No meu caso, foram semanas, mas ainda assim pareceram carregar anos. Porque apesar de eu ter nascido gay e continuado gay à medida que envelhecia, de gostar de garotos daquele jeito e de não gostar de garotas daquele jeito, havia uma coisa me restringindo: aquela única palavra simples, *gay*, dita em voz alta.

Era um armário de vidro. Todo mundo conseguia me ver lá dentro. Eu acenava para as pessoas *o tempo todo*. Mas estava preso mesmo assim. Eu tinha pais que me apoiavam, mas nunca tinha conversado sobre isso com eles. Eu tinha um melhor amigo, mas também nunca tinha conversado sobre isso com ele. Eu nunca tinha tido um namorado. Nunca tinha tentado. Eu tinha mergulhado no futebol americano, na escola, em piadas e na moda. Mas, ao me perder nessas coisas, eu estava me perdendo.

Sei que é difícil de acreditar, mas demorei um tempo para falar em voz alta. Às vezes é difícil, mesmo quando não deveria ser. E às vezes é difícil porque é.

Essa música é sobre isso. Normalmente, em uma história de uma pessoa que sai do armário, a grande cena é quando o personagem principal conta para os pais. Ou para o melhor amigo. Ou para o garoto que ama. Mas pergunte a qualquer pessoa que passou pelo processo de sair do armário; e não estou falando só de sair do armário quando se é gay, estou falando de todos os tipos de saída do armário. Todos nós sabemos. A primeira pessoa para quem você tem de sair do armário é você mesmo. Portanto, essa cena tem apenas eu, sozinho no palco. Porque foi assim. Eu sozinho, cantando para mim mesmo e finalmente ouvindo.

Piano, por favor.

Introdução ao piano.

[EU SEI, MAS POR QUE NÃO CONSIGO FALAR?]

TINY:
Desde que eu era neném
eu brincava com a Barbie
e sonhava com o Ken.

Já li a *Vogue* de cabo a rabo
como um amante abandonado
esperando o convite
para o baile da meia-noite.

Meu quarto é cheio de coleções
de musicais originais, gravações,
que cantam para mim sobre um lugar
cheio de glória e esperança.

Até um cego consegue ver
o que se passa com meu ser...
Mas quando procuro as palavras,
elas não estão lá.

Eu sei, mas por que não consigo dizer?
Por que estou escondendo
minha maior certeza?
O que estou tentando fingir
quando me recuso a me assumir?
Por que a verdade
está escondida tão fundo?

Esconder.
Não há muito como esconder.
Mas continuo a não crer,
com medo de alguma coisa que não sei o quê.

Cuidado.
Eu me mando
tomar cuidado.
Mas às vezes
o cuidado
se preocupa demais
com o que as pessoas pensam,
e sufoco tudo que pensei,
temendo comentários cruéis
sobre ser...

Tiny para. Não consegue dizer a palavra. No silêncio, o **CORO** *aparece no palco. É um coro de jovens gays, em que alguns são os namorados do segundo ato, alguns são jovens lésbicas, inclusive Lynda, a babá. Um deles, que vai aparecer mais tarde, é o* **FANTASMA DE OSCAR WILDE.**

CORO:

Eu sei, mas por que não consigo dizer?
Por que estou escondendo
aquilo que sei melhor?

TINY e CORO:

O que estou tentando fingir
quando me recuso a me assumir?
Por que a verdade
está escondida tão fundo?

Esconder.
Não há muito como esconder.
Mas continuo a não crer,
com medo de alguma coisa que não sei o quê.

Cuidado.
Eu me mando
tomar cuidado.
Mas às vezes
o cuidado
se preocupa demais
com o que as pessoas pensam,
e sufoco tudo que pensei
temendo comentários cruéis
sobre ser...

TINY:

gay.

Há uma pausa na música enquanto a palavra é senti-da. Tiny está ao mesmo tempo com medo e eufórico por ter falado em voz alta. O coro se manifesta.

CORO:

Se eles forem mesmo seus amigos, você não vai
perdê-los.
Se eles não entenderem a princípio, você vai
compreendê-los.
Se eles amarem você, vão querer que você ame.
Se eles amarem você, vão querer que seja amado.

TINY:

Eu sei.

CORO:

Então você precisa falar.

TINY:

Eu falo.

CORO:

Porque é sua verdade.

TINY:

Esconder.

CORO:

Não faz sentido esconder.

TINY:

Cuidado.

CORO:
Não seja descuidado com seu coração.

TINY:
Se eles forem mesmo meus amigos...

CORO:
... você não vai perdê-los.

TINY:
Se eles não entenderem a princípio...

CORO:
... você vai compreendê-los.
Se eles amarem você, vão querer que você ame.
Se eles amarem você, vão querer que seja amado.

TINY:
Eu sei, então vou dizer.
Chega de esconder
minha maior certeza.
Estou tentando ser
o eu que sei que posso ser.
Então, a partir de hoje,
vou ser abertamente

CORO:
Abertamente

TINY:

Abertamente

CORO:

Abertamente!

TINY:

Gay!

No final dessa música, Tiny deve parecer muito aliviado.

PRIMEIRO ATO, CENA 6

As luzes se apagam. Quando tornam a se acender, voltamos ao cenário que vimos na cena de **RELIGIÃO***. Desta vez, Mamãe e Papai estão sentados no banco e Tiny está na frente deles.*

Nesse número, Tiny fala todos os seus versos, Mamãe canta os dela e Papai fica em silêncio.

[DECLARANDO O ÓBVIO]

TINY (*falando*):
Mamãe. Papai. Eu só queria que vocês soubessem... Eu sou gay.

MAMÃE (*cantando*):
Ah, Tiny.
Nosso Tiny.
Nós sabemos, Tiny.
Não tem problema.

TINY (*falando*):
Eu sonho com garotos. Fantasio com garotos. Quando me masturbo, penso em garotos. Quero dizer, não que eu me masturbe nem nada.

MAMÃE (*cantando*):
O tipo mais forte de amor
é o amor incondicional.
Assim que você nasceu
eu conheci o amor incondicional.

TINY (*falando*):
E já que estou saindo do armário, é melhor eu contar: sabe aquela vez que falei que Djane devia ter roubado seu batom quando veio aqui? É que fui eu que roubei. Mas não gostei da minha aparência de batom. Pelo menos não com aquela cor.

MAMÃE (*cantando*):
Você é tão complicado.
Consigo perceber.
Mas tem coração bom.
Isso não posso desmerecer.

TINY (*falando*):
Eu colei na prova de álgebra. Tem uma razão pra sua vodca parecer aguada. Dou as ervilhas de meu prato pro cachorro toda vez que você serve. Só não quero ferir seus sentimentos.

MAMÃE (*cantando*):
Sempre vamos amar nosso Tiny
e sempre vamos amar seu Tiny também.
Mal podemos esperar para ver
todas as coisas grandes e gays que você vai fazer.

TINY (*falando*):
Faço download de pornografia no computador da família, mas gravo em um disco pra não ficar no HD. E lembra quando contei que trabalhei na biblioteca da escola pra pagar minhas assinaturas da *Vogue* e da *Details* e da *Men's Health*? Na verdade foi o dinheiro que vovó mandou no meu aniversário e que ela queria que eu gastasse com minha "educação religiosa".

MAMÃE (*cantando*):
Vejam nosso bebê grande e gay...
não se lê sobre isso nos manuais para pais.
Vejam nosso bebê grande e gay...
não era o que esperávamos quando estávamos à
    espera.
Mas nós o amamos.
Ah, sim, nós o amamos.

TINY (*falando*):
Vocês aceitam isso, não aceitam? Não vou pedir desculpas. Não tenho do que me desculpar. A única coisa que lamento foi ter

escondido de vocês por tanto tempo. E lamento pelas ervilhas, porque acho que Baxter gosta menos ainda que eu.

MAMÃE (*cantando*):
Não lamente.
Nunca lamente.
Você não precisa.
Nós amamos você.
Sempre vamos amar você.
Incondicionalmente.

Tiny e a mãe se abraçam. Tiny olha para o pai, que está chorando. Todos os diálogos são falados agora, até o final da cena.

TINY:
Pai.

PAPAI (*tentando esconder as lágrimas*):
É isso mesmo, filho. Tudo que ela disse.

TINY:
É mesmo?

PAPAI:
É mesmo.

TINY:

Então espero que você não se importe... Eu nos inscrevi em um desfile de moda de mãe e filha. Achei que seria uma ótima forma de contar pra todo mundo quem eu sou. Tudo bem?

O holofote se fecha no pai. Ele está encurralado.

PRIMEIRO ATO, CENA 7

O pai de Tiny vai para o meio do palco. Enquanto o cenário é trocado atrás dele em preparação para a cena depois desta, ele se abre com a plateia. Ele ama o filho, não há dúvida de que ama o filho. Mesmo assim, isso é difícil para ele.

[O QUE SE FAZ?]

PAPAI:
O que se faz quando seu filho
pede que você participe
de um desfile de moda de mãe e filha?

Você faz as malas e vai embora
ou pensa na melhor forma de dizer
não, não, *não*?

É uma exposição opressora,
uma enxurrada constrangedora
de todas as coisas
que você não quer ouvir das pessoas.

Meu pai me levava para pescar
e me deixava a desejar
que aqueles instantes
nos deixassem menos distantes.

Mas nós ficávamos sem falar,
com o tempo a escoar.
Nossas linhas se emaranhavam,
e os peixes escapavam.

Eu dizia que quando tivesse um bebê
seria do tipo que tudo vê.
Eu conheceria bem meu filho.
Sem deboche, sem crítica, sem empecilho.

É preciso ser boa mãe
se quiser ser um bom pai.
Aproveitar oportunidades
como se não fosse tê-las nunca mais.

Meu pai morreu
antes de eu fazer as perguntas certas.
Agora as faço mesmo assim,
mas nunca tenho respostas.

O que se faz quando seu filho
pede que você participe
de um desfile de moda de mãe e filha?

Vou dizer o que se faz...
Você vai.

Enquanto a plateia aplaude (tomara) Papai e sua deci-
são, ele sai do palco. As luzes se acendem, e vemos mon-

tada a passarela do desfile de moda de mães e filhas. Em pouco tempo, mães e filhas (todas representadas por atrizes, só para tornar a justaposição mais eficiente) estão desfilando com roupas iguais ao som dos acordes iniciais de **SEI QUE ISSO NÃO DEVE SER FÁCIL PRA VOCÊ.** O clímax acontece quando Tiny e o pai aparecem... com roupas iguais.

Uma observação sobre as roupas: Tiny e seu pai não encaram este desfile como um show de drag queens. Apesar de não ter nada de errado com um garoto querer usar vestidos, tem algo de errado em supor que todo garoto gay queira usar vestidos. Alguns talvez. Outros não. Tiny nunca gostou dessa coisa meio Gaiola das Loucas, então, quando sugere que ele e o pai participem do desfile de mães e filhas, eles vão vestidos da forma que ele quer se vestir, ou seja: FABULOSAMENTE. É desnecessário dizer que o pai de Tiny deve usar uma roupa com mais brilho e cintilância do que já considerou usar. (Outra observação: também não é certo supor que todo garoto gay queira usar brilhos e cores fortes. Alguns não. Eu quero.)

A entrada de Tiny e do pai leva, obviamente, a um grande número.

Tiny fica um pouco abismado pelo pai ter concordado em fazer isso com ele. E o pai de Tiny fica muito abismado por estar em um desfile de moda de mães e filhas. A cena não é como o final de Grease, quando Sandy de

repente se libera ao experimentar roupas de piranha. O
pai de Tiny está pouco à vontade.

O que vem em seguida é um reflexo das emoções deles.

[SEI QUE ISSO NÃO DEVE
SER FÁCIL PRA VOCÊ]

TINY:
Sei que isso não deve ser fácil pra você.

PAPAI:
Não vou tentar negar e nem desmerecer.

TINY:
Há outras formas de se passar um domingo...

PAPAI:
... além de desfilar com o filho, sorrindo.

TINY:
Mas aqui estamos, de roupas combinando.

PAPAI:
Minha barriga está se projetando!

TINY:
Queremos exibir o charme familiar...

PAPAI:
... tentando seguir sem surtar.

TINY (*uma pausa, depois falando*)**:**
Estou muito feliz por você estar aqui.

PAPAI:
Sei que isso não deve ser fácil pra você.

TINY:
Não vou tentar negar e nem desmerecer.

PAPAI:
Deve haver horas em que você se sente apontado.

TINY:
É por isso que vivo fingindo ser bem relacionado.

PAPAI:
Só espero ser um bom pai.

TINY:
Só espero ser um bom filho.

TINY e PAPAI:
Eu nunca sei...
Eu só sei...
que isso não deve ser fácil pra você.

Eles andam pela passarela.

CORO DE OBSERVADORES:
Sei que isso não deve ser fácil pra vocês.
Sustentem o sorriso
e sigam até o fim.
Todo mundo está olhando...
é sempre assim.
Um passo atrás do outro,
e outro passo bem dado,
e nunca se esqueçam
da pessoa ao seu lado.

TINY:
Você me impressiona de tantas maneiras.

PAPAI:
Você me impressiona de tantas maneiras.

CORO DE OBSERVADORES:
Sei que isso não deve ser fácil pra vocês.
Mas pode ser tantas outras se tentarem ou-
tra vez.

TINY:
Sustente o sorriso

PAPAI:
e siga até o fim.

TINY e PAPAI:

Juntos
podemos fazer isso.
Você e eu.
Aqui e agora.

TINY:

Você joga a bola e torce...

PAPAI:

Você pega a bola e corre...

TINY:

Você anda com firmeza...

PAPAI:

Anda com orgulho...

TINY:

Exibe sua beleza...

PAPAI:

Com clareza e barulho...

TINY e PAPAI:

Um passo atrás do outro,
e outro passo bem dado,
e nunca se esqueça
da pessoa ao seu lado.

Eles terminam o desfile. Com estilo.

PRIMEIRO ATO, CENA 8

Tiny volta ao palco para permitir uma troca de cenário.

TINY:
Em seguida, veio Phil Wrayson. Pra sair do armário pra ele, eu o convidei pra ir à Parada do Orgulho Gay em Boys Town. Para quem não é da área de Chicago, Boys Town é, hã, o lugar da cidade aonde os garotos que gostam de garotos vão pra serem garotos que gostam de garotos e verem outros garotos que gostam de garotos. Era de se pensar que o destino por si só seria minha declaração de saída do armário, mas a lógica de um garoto saindo do armário para o melhor amigo é tal que até em uma Parada do Orgulho Gay a conversa precisava acontecer, por mais nervoso que me deixasse.

Enquanto Tiny fala, o palco se transforma em uma Parada do Orgulho Gay, com drag queens, dominadores vestidos de couro, pais gays e (se couber no palco) Sapatas de Moto. Phil Wrayson está bem no meio deles, parecendo deslocado, mas não de uma maneira envergonhada.

PHIL (*se aproximando de Tiny*):
Estou tentando imaginar o que seria o equivalente hétero disso tudo.

TINY:
Transporte público matinal?

PHIL:
Uma drag queen acabou de me perguntar se eu curtia lontras. Espero que não seja literalmente. Isso deve ser o apelido de alguma coisa, né?

TINY (*com nervosismo*):
Phil, eu trouxe você aqui por um motivo.

PHIL (*sem entender*):
Espero que não tenha sido pra me cafetinar pra lontras. De verdade, eu não curto lontras.

TINY:
Phil, eu sou gay.

PHIL (*com deboche/perplexidade*):
Não!

TINY (*com sinceridade*):
É verdade.

PHIL:

Você quer dizer, tipo, que está se sentindo gay, tipo, alegre?

TINY:

Não, eu quero dizer gay do tipo, aquele cara é um gato.

Ele aponta para um rapaz lindo de camisetinha amarela colada (ou alguma outra peça de roupa parecida). Aquele tipo de roupa em que o cara parece mais nu do que se realmente estivesse nu, sabe?

TINY:

E se eu fosse conversar um pouco com ele e ele fosse legal e me respeitasse como pessoa, eu deixaria ele me dar um beijo na boca.

PHIL (*parecendo não entender*):
Você é *gay*?

TINY:

Sou. Sei que é um choque. Mas eu queria que você fosse o primeiro a saber. Depois de meus pais, claro.

Enquanto Phil continua a fazer expressão de choque, é hora da banda! A música começa.

[CARA, VOCÊ NÃO PODIA SER MAIS GAY]

PHIL (*cantando agora*):
Você é gay?
Agora você vai me dizer que o céu é azul,
que você gosta de passar xampu,
que os críticos não gostam do Blink-182.
Ah, agora vai dizer que o Papa vive pra rezar,
que as prostitutas cobram pra transar,
que Elton John é duro de aguentar, EI!

Tiny o empurra de brincadeira, e a música vira um pingue-pongue. A coreografia deve ser com os dois dançando ao redor da Parada do Orgulho Gay, não muito diferente de Ewan e Nicole dançando em cima do elefante em Moulin Rouge! *Em determinado ponto, seria interessante fazer os manifestantes formarem uma fileira de coristas.*

TINY:
Mas eu jogo futebol americano!

PHIL:
Cara, você fica mais gay a cada ano.

TINY:
Pensei que minha atuação como hétero merecesse um Tony!

PHIL:
Você tem uns mil Meu Pequeno Pônei!

TINY:
É tão óbvio assim?

PHIL:
Tão óbvio quanto
O sol nasce no oriente,
N'*O rei leão* os animais parecem gente,
Harry Potter tem uma cicatriz de raio
e os republicanos entram escondido
em tudo quanto é bar gay do bairro.

TINY:
Eu sou gay!

PHIL:
Hey hey hey!

TINY:
Mais gay que passar um cheque.

PHIL:
Mais gay que usar leque.

TINY:
Mais gay que gostar de Menudo.

PHIL:

Mais gay que beber cerveja de canudo.

TINY:

Mais gay do que eu nunca vi...

PHIL:

... nem se soubesse de cor as seis temporadas de *Glee*!

TINY:

Eu sou tão gay que não saberia ser mais...

PHIL:

... talvez só se Neil Patrick Harris me pegasse por trá... OPA!

TINY:

E você não se importa com isso?

PHIL:

Tanto quanto não me importo
com o sol se pondo no lado ocidental,
com Dolly Parton e seu peitão imortal,
com camisas bufantes da renascença em um
    festival,
e com passarinhos e todo o reino animal.

Você não está a fim de mim, está?

TINY:

Eu preferiria morrer e nem ressuscitar!

PHIL:

Ufa!

TINY:

Pois é!

PHIL:

Então você vai se conformar
se orgulho de Tiny Cooper eu demonstrar?

TINY:

Não importa para onde eu vá...
Se Phil Wrayson me acompanhar!

*Phil dá em Tiny a versão de garoto hétero de um abraço,
e Tiny o envolve em resposta enquanto os manifestantes
comemoram e a cena termina.*

PRIMEIRO ATO, CENA 9

Tiny vai para a frente do palco de novo enquanto a Parada do Orgulho Gay se transforma em um vestiário.

Vou deixar as instruções de palco dessa cena por sua conta. Conheço certos integrantes de certas sociedades musicais que gostam de produzir Damn Yankees *ano após ano só para poderem ter uma cena de vestiário sem qualquer propósito. Sabe como é, todos os lindos integrantes do coro de toalha e, ops, talvez uma delas caia um pouco. Principalmente se for na Broadway. Lá, as toalhas caem muito. Não estou sugerindo que você satisfaça a plateia feminina e gay, mesmo que esses dois grupos demográficos somem o quê? Noventa e oito por cento de todos os frequentadores de teatro? Você decide o que Lola quer neste caso. O que você decidir é o que ela terá.*

TINY:
Convencer Phil Wrayson e meus pais a ficarem do meu lado não foi o maior desafio. E meus amigos não foram nada além de tolerantes. Só havia um grupo com o qual eu estava preocupado: o time de futebol americano.

Eu ainda estava no nono ano, mas já jogava no time da escola por causa do meu tamanho. Mas os caras nem me conheciam direito. Eu não sabia como reagiriam a um garoto gay no meio do time.

Decidi enfrentá-los na fonte dos medos deles: o vestiário. É uma coisa que não entendo: o pior pesadelo de quase todo sujeito homofóbico é ficar nu em um vestiário com um gay. Mas tipo, qual é o problema disso? Depois de eu ralar pra cacete em um treino, a última coisa que quero é uma rapidinha no chuveiro, e ainda por cima com todo mundo olhando. Não dá, né. Cai na real. Se eu for me apaixonar por você, vou fazer do jeito *certo*. Vou te convidar para sair, não sair correndo com sua toalha.

A questão era... como informar isso para eles? Eu queria poder dizer que pensei em tudo com antecedência... mas não planejo minhas revelações. Portanto, aconteceu quando eu menos esperava.

Os rapazes (mais uma vez, vestindo o que você quiser) se reuniram no vestiário e estão fazendo coisas de vestiário. (O Jogador Agressivo nº 1 e o Jogador Agressivo nº 2 voltaram da cena do beisebol. Não vou dignificá-los com nomes.)

(Observação: Phil Wrayson NÃO participa do time de futebol americano. Queremos que isso seja crível.)

Tiny entra em cena andando, secando o cabelo com a toalha, cantando:

TINY (*cantando*):
Vou enfiar aquele garoto na cabeça pelo cabelo
Vou enfiar aquele garoto na cabeça pelo cabelo
Vou enfiar aquele garoto na cabeça pelo cabelo...

(*falando*)
Ah, oi, pessoal.

Todos ficam em silêncio por um momento. E, então, os agressivos entram em modo de ataque.

[QUEM TÁ NA LINHA DE FRENTE (GOSTA QUE ATAQUEM POR TRÁS]

JOGADOR AGRESSIVO Nº 1:
Quem tá na linha de frente gosta que ataquem por trás!

JOGADOR AGRESSIVO Nº 2:
Não deixem o sabonete cair, rapazes!
Não deixem o sabonete cair!

JOGADOR AGRESSIVO Nº 1:
Ele vai furar sua retranca se você não se proteger!

JOGADOR AGRESSIVO Nº 2:

Não deixem o sabonete cair, rapazes!
Não deixem o sabonete cair!

TINY:

É isso mesmo?
Isso que te deixa cabreiro?
Que muito de repente
eu esteja atrás do seu traseiro?

No vestiário nem dá pra tirar casquinha
porque vocês têm a cara cheia de espinha.
Só quero fazer touchdowns
não botar a mão no seu peitoral.
E se vocês quiserem encrencar
digo logo que nem vou ligar!

JOGADOR AGRESSIVO Nº 1:

Quem tá na linha de frente gosta que ataquem por tras!

JOGADOR AGRESSIVO Nº 2:

Não deixem o sabonete cair, rapazes!
Não deixem o sabonete cair!

JOGADOR AGRESSIVO Nº 1:

Ele está mirando no buraco do seu gol!

JOGADOR AGRESSIVO Nº 2:

Não deixem o sabonete cair, rapazes!
Não deixem o sabonete cair!

TINY:

Primeiro de tudo, o sabonete é líquido,
então seu aviso não faz sentido.
E para alguém tão hétero e tal,
vocês protestam muito mal.

Podem ficar com a roupa suada.
Do que há debaixo delas eu não quero nada.
Eu vim para vencer o campeonato
e espero vocês do meu lado.

JOGADOR AGRESSIVO Nº 1:

Quem tá na linha de frente gosta que ataquem por trás!

TIME (exceto os AGRESSIVOS):

Quem se importa, rapazes?
Quem se importa?

JOGADOR AGRESSIVO Nº 2:

Ele quer que você faça o passe e pegue as bolas!

TIME (exceto os AGRESSIVOS)·

Quem se importa, rapazes?
Quem se importa?

Entramos nesse time para jogar,
não para caçar os gays e criticar.
Bem-vindo, Tiny, ignore os barraqueiros.
Eles não passam de inexperientes punheteiros!

Ele gosta que ataquem por trás e está na linha de
frente!
Se alguém o atacar, defenderemos com unhas e
dentes!
Nosso defensor fica de olho nas bolas!
Quem encrencar com a gente, encrencará com
toda a escola!

Começa um grande número de dança com o time protegendo Tiny e excluindo os jogadores agressivos, talvez com uns golpes de toalha em homenagem ao número da toalha na encenação do Lincoln Center de 2008 de South Pacific.

No final, Tiny parece aliviado e agradecido, com orgulho de ser gay e com orgulho de fazer parte daquele time.

TINY (*falando*):
Valeu, pessoal.

Os jogadores de futebol americano saem do palco, e Tiny comemora a sensação de segurança por fazer parte de um time. Quando seguimos para a última cena do primeiro ato, sentimos que ele está muito bem.

PRIMEIRO ATO, CENA 10

O palco está escuro. Tiny está de novo sob o holofote.

TINY:
E foi assim. Eu tinha acabado de sair de meu
grande casulo gay e agora era uma grande
borboleta homossexual. Abri minhas asas.
Voei. Foi boooooooom.

Eu tinha ótimos amigos. Tinha uma família
que me apoiava. Tinha o futebol americano.
Eu devia me sentir completo.

Mas não sentia.

*O piano começa. Tiny olha para o palco como se tives-
se acabado de sair do* shtetl *de* Yentl *e estivesse prestes
a fazer a pergunta imortal: "Pai, está me ouvindo?" Só
que não é com o pai morto que ele está falando. Primeiro, porque o pai não está morto. Segundo, isso já foi feito
umas mil vezes.*

*Tiny deve ficar sob o holofote durante toda a música.
Os outros personagens devem surgir da escuridão e ser
iluminados por holofotes próprios.*

[O QUE ESTÁ FALTANDO?
(ESTÁ FALTANDO O AMOR)]

TINY:

Alguma coisa está faltando.
O que está faltando?
É como um sentido nunca usado.
Um lugar não visitado.
Um acorde nunca ouvido.
Um tremor nunca sentido.

Lynda, a babá lésbica, surge da escuridão.

LYNDA:

Alguma coisa está faltando?
O que está faltando?
É um pensamento nunca pensado.
Uma harmonia num dia agitado.
A altura de um zumbido.
O jogo ainda não vencido.

TINY:

Alguma coisa está faltando?
O que está faltando?

O Fantasma de Oscar Wilde aparece e completa a trindade.

FANTASMA DE OSCAR WILDE:
É o coração do acusado.
A luta que vence quem é ousado.
Os sons de uma palavra, unidos.
Alguém sendo despido.

TINY:
O que é?
O que me falta?
É como um sentido nunca usado.

LYNDA:
É um pensamento nunca pensado.

FANTASMA DE OSCAR WILDE:
É o coração do acusado.

TINY:
Um lugar não visitado.

LYNDA:
Uma harmonia num dia agitado.

FANTASMA DE OSCAR WILDE:
A luta que vence quem é ousado.

TINY:
Um acorde nunca ouvido.

LYNDA:
A altura de um zumbido.

FANTASMA DE OSCAR WILDE:
Os sons de uma palavra, unidos.

TINY:
Um tremor nunca sentido.

LYNDA:
O jogo ainda não vencido.

FANTASMA DE OSCAR WILDE:
Alguém sendo despido.

LYNDA e o FANTASMA DE OSCAR WILDE:
Alguma coisa está faltando.
O que está faltando?

TINY (*falando*):
É o amor, não é?

Lynda e o Fantasma de Oscar Wilde confirmam com um aceno de cabeça e voltam a cantar.

LYNDA e o FANTASMA DE OSCAR WILDE:
Se o primeiro ato é sobre descobrir seu eu profundo,

o segundo é sobre descobrir o restante do
mundo.

TINY:
E o amor?

LYNDA e o FANTASMA DE OSCAR WILDE:
E o amor.

FANTASMA DE OSCAR WILDE:
A verdade pura e simples
Raramente é pura, e nunca simples de fato.
O que um garoto pode fazer
quando mentira e verdade são ambas pecado?

Agora é a vez de Tiny de assentir.

TINY:
Eu nasci desse jeito
E consegui me manter assim.
Agora, embarco em busca do amor.
Em busca do amor eu vou sim!

FIM DO PRIMEIRO ATO

SEGUNDO ATO

SEGUNDO ATO, CENA 1

Caso você esteja pensando que, ao caminhar para o segundo ato, a peça vai passar a ser uma daquelas histórias de um garoto que conhece outro, perde o garoto e recupera o garoto... o roteirista precisa indicar agora a comédia do seu erro. Acredite, ele tinha essa ideia no começo. Pensou que só precisaria espalhar amor pelo universo e esse amor voltaria na forma de um cara perfeito. Um par. Uma alma gêmea. Lembra-se da aula que Lynda deu no começo sobre metades? Nos anos seguintes, ele se esqueceu. Não basta para ele ser gay. Precisa ter um namorado. Um namorado no estilo você-é--meu-tudo.

Esse é o perigo dos musicais. A maioria conclui que, assim que você encontra sua voz, vai usá-la para cantar para alguém. Assim, você pode ter sua noite encantada, suas primaveras de amor, seu "era uma vez", seu Camembert, seu edelweiss.

Só que não se passa muito tempo procurando por isso nos musicais (exceto no caso de Cinderella *de Rodgers & Hammerstein). Nos musicais, acontecem coisas que jogam você no amor, seja uma guerra de gangues no West Side ou uma invasão nazista ou precisar que um vizinho acenda sua vela.*

A vida real não oferece tantas oportunidades. Não, na vida real você precisa se esforçar um pouco mais para encontrar o amor.

Eu estava disposto a me esforçar. Estava disposto a olhar para cima e para baixo em busca da harmonia perfeita.

Eu procurei em toda parte. *Saí com um monte de garotos.*

E o que consegui com isso?

Consegui...

A Parada dos ex-namorados.

É, esse segundo ato tem uma estrutura bem estranha (embora talvez não tão estranha quanto o segundo ato de Follies, certo?). *Aqui, acompanharemos meu progresso como pessoa através de minha série de rompimentos, porque, para ser sincero, na época eu não conseguia ver a diferença entre as duas coisas. Não vamos mais usar os crachás de idade e vamos acompanhar os anos do ensino médio como uma coisa única. Porque tenho certeza de que a sensação será essa quando acabarem. Supondo que um dia eles acabem.*

O próximo número tem 19 personagens (incluindo Tiny). Sei que é muito para se pedir a qualquer produção. Por-

tanto, sinta-se à vontade para repetir atores duas, ou mesmo três vezes. Sinta-se à vontade também para dar um número a cada ex, que apareça no figurino, como se fosse a bancada da delicatessen do inferno dos encontros. O que funcionar melhor. E, claro, os namorados podem ser feitos por garotas vestidas de garotos. Mas você já sabia disso, tenho certeza.

A chave para o ator que faz o papel de Tiny é saber o seguinte: eu queria. Eu queria muito. Tenha isso em mente o tempo todo, mesmo quando eu estiver sendo bobo.

Quando a cortina sobe, vemos um balanço no palco. Há uma breve introdução enquanto Tiny se balança sozinho. De repente, a música para e ele faz seu monólogo de abertura.

TINY:

O amor é o milagre mais comum. O amor é sempre um milagre, em todo lugar, sempre. Mas, para nós, é um pouco diferente. Não quero dizer que seja *mais* milagroso. No entanto, é. Nosso milagre é diferente porque as pessoas afirmam que é impossível. Mas escutem só: é possível. Muito possível.

Tiny pula do balanço e cai deitado no chão.

TINY:

Eu me apaixono e me apaixono e me apaixono e me apaixono e me apaixono...

O balanço é retirado, e os **EX-NAMORADOS** *entram no palco para começar a música.*

[PARADA DOS EX-NAMORADOS]

CORO DOS EX-NAMORADOS:

Somos a parada dos ex-namorados!

EX-NAMORADO Nº 1:

Você é grudento demais.

EX-NAMORADO Nº 2:

Quando canta, não para mais.

EX-NAMORADO Nº 3:

Você é tão maciço.

EX-NAMORADO Nº 4:

Você é muito passivo.

EX-NAMORADO Nº 5:

Sejamos amigos doravante.

EX-NAMORADO Nº 6:
Não namoro atacantes.

EX-NAMORADO Nº 7:
Encontrei outro alguém.

EX-NAMORADO Nº 8:
Não vou me justificar pra ninguém.

EX-NAMORADO Nº 9:
Eu não sinto mais a chama.

EX-NAMORADO Nº 10:
Pra mim, foi só um programa.

EX-NAMORADO Nº 11:
Quer dizer que não tá a fim?

EX-NAMORADO Nº 12:
Não consigo tirar a dúvida de mim.

EX-NAMORADO Nº 13:
Tenho outras coisas a fazer.

EX-NAMORADO Nº 14:
Tenho outros caras pra satisfazer.

EX-NAMORADO Nº 15:
Nosso amor só existiu em sua mente.

EX-NAMORADO Nº 16:

Tenho medo de que minha cama não te aguente.

EX-NAMORADO Nº 17:

Vou ficar em casa lendo livros em sequência.

EX-NAMORADO Nº 18:

Acho que está apaixonado é pela minha carência.

CORO DOS EX-NAMORADOS:

Tiny Cooper, temos de dizer:
podemos muito bem viver sem você.

TINY (*em um frenesi sondheimiano*):

O que eu fiz?
O que eu falei agora?
Por que esses garotos
todos foram embora?
Eu me esforcei para ser
o que eles queriam de mim,
embora na maior parte do tempo
só tenha sido eu mesmo, assim.
Fui barulhento demais?
Ou não falei quase nada?
Pra que aprimorar a embalagem
se ninguém quer me levar pra casa?
Não sou gay o bastante?
Não sou homem o suficiente?

Minha vida amorosa está um desastre
É melhor voar pra longe dessa gente...

CORO DOS EX-NAMORADOS:

Parada!
Dos ex-namorados!
Qualquer relação que começa
tem seus dias contados!

EX-NAMORADO Nº 1:

Você me queria demais, me fez mal.

EX-NAMORADO Nº 2:

Não posso ser sua muleta emocional.

EX-NAMORADO Nº 3:

Olha só como você é gigante!

EX-NAMORADO Nº 4:

Com você, meus hormônios são inoperantes.

EX-NAMORADO Nº 5:

A gente se vê na escola.

EX-NAMORADO Nº 6:

Espero que estejamos bem agora.

EX-NAMORADO Nº 7:

Não quero te magoar.

EX-NAMORADO Nº 8:
Fico feliz em te largar.

EX-NAMORADO Nº 9:
Você me afoga com mensagens.

EX-NAMORADO Nº 10:
Não consigo imaginar a gente na sacanagem.

EX-NAMORADO Nº 11:
Acho que sou meio vagabunda.

EX-NAMORADO Nº 12:
Preciso de alguém com uma boa bunda.

EX-NAMORADO Nº 13:
Nunca achei que você fosse O garoto.

EX-NAMORADO Nº 14:
Não faça parecer que sou *eu* o escroto.

EX-NAMORADO Nº 15:
Você nunca vai me completar.

EX-NAMORADO Nº 16:
Não ligo se você me deletar.

EX-NAMORADO Nº 17:
Odeio quando você quer andar de mãos dadas.

EX-NAMORADO Nº 18:
Acho que você nunca entenderá nada.

CORO e TINY:
O único jeito de aprender
a fazer uma coisa durar
é ser arrancado do futuro
e o passado relembrar.

Parada dos ex-namorados
que você achava conhecer bem.
Parada dos ex-namorados
que deixaram você sem ninguém.

CORO:
Sua vida amorosa está um desastre...

TINY:
... é melhor sair voando.

CORO:
Mas você precisa ouvir nossas histórias...

TINY:
... antes de sair tentando.

CORO:
O amor não é fácil.

TINY:

Pode esperar sentado.

CORO:

Qualquer relação que começa...

TINY:

... tem seus dias contados.

CORO (*falando*):

Exceto.

TINY:

Exceto?

CORO (*cantando de novo*):

Exceto a que transcende.

TINY:

Sim, a que transcende.
Mandem a que transcende!

SEGUNDO ATO, CENA 2

*Todos os ex-namorados saem do palco. O ex-namorado nº 18, **WILL**, talvez possa ficar um pouco mais. Porque a verdade é que ele é o mais recente, e esses costumam demorar um pouco mais para ir embora. O que não quer dizer que não superei. Já superei completamente. Exceto pelos momentos em que não superei nadinha.*

Mas Will finda saindo do palco também. Porque foi isso que ele fez, saiu do palco. Pulou fora. Saída pela direita. (Ou saída pela esquerda, a que funcionar melhor. Aqui estou usando isso mais como metáfora que como instrução de palco.)

Tiny agora está sozinho em cena. O desfile já passou. Mas agora vai voltar, mais lentamente para que ele possa ver o que aconteceu.

Vamos voltar ao começo de sua vida amorosa, ao primeiro encontro.

Conforme nos aproximamos da próxima música, ele deve parecer ansioso e empolgado. Ele é tão ingênuo que nem chega a ficar muito nervoso; na verdade, acredita que namorar vai ser fácil agora que sabe quem é. Tente captar essa sensação. Tente captar o que é nunca ter se espremido para encaixar nas expectativas de outra pessoa. Tente captar o que é não ficar pensando em termos de "tipos". Tente captar o que é não ter nenhum ex, nun-

ca ter falhado. Tente, se possível, mostrar isso na forma como Tiny está se preparando para a noite.

Um espelho aparece, e o vemos penteando o cabelo, talvez colocando um casaco maravilhoso. Ele está caprichando para esse primeiro encontro. Quando julga que está adorável, se vira para a plateia e começa a contar a história.

TINY:
Meu primeiro encontro foi com Brad Langley, que era um ano mais velho que eu, o que na época queria dizer que ele cursava o *nono ano*. O boato de minha incrível saída do armário tinha se espalhado pela escola como um incontrolável fogo cor-de--rosa. Brad ficou enfeitiçado pelas chamas e acompanhou-as até encontrar a fonte: este que vos fala.

BRAD *aparece no palco. Está tão bem-vestido quanto Tiny.*

Não tem muita importância, mas ele é adorável.

BRAD (*com uma certa timidez*):
Oi. Você é o Tiny?

TINY
*(sem entender por que aquele garoto
está falando com ele)*:
Eu tenho *cara* de Tiny?

BRAD:
Não, mas sua voz é tão maravilhosa quanto
a da Idina Menzel.

Agora Brad conseguiu a atenção de Tiny.

TINY:
Se eu disser que gostei da referência...

BRAD:
... *aí* vou saber que estou falando com o
cara certo. A maioria das pessoas aqui não
diferencia Merman de Martin.

TINY:
Infiéis.

BRAD:
Pois é.

TINY *(para a plateia)*:
Depois de poucos minutos de conversa, es-
tabelecemos todas as coisas que tínhamos
em comum. E ficamos tendo a mesma con-

versa durante dias porque estava boa demais. Começamos falando sobre musicais, mas em pouco tempo estávamos falando sobre *tudo*.

A música é cantada primeiro no estilo clássico de chamada e resposta, como em "Anything You Can Do, I Can Do Better", só que eles estão fazendo o oposto de discordar. O assunto é a sensação de encontrar um semelhante e como é saber que você encontrou esse semelhante ao juntar todas as referências de cultura pop que ama. É preciso mostrar Tiny e Brad ficando mais e mais empolgados à medida que esse número se desenvolve.

[EU GOSTO]

TINY:
Gosto de ver Harry com Draco nos braços.

BRAD (EX-NAMORADO Nº 1):
Gosto dos Weasley a ponto de sonhar com uns amassos.

TINY:
Gosto de cantar no chuveiro.

BRAD:
Gosto de cantar o tempo inteiro.

TINY:

Gosto de fantasiar com o Cumberbatch.

BRAD:

Gosto de ter fotos dele de Sherlock.

TINY:

Gosto do *Fantasma da Ópera*...

BRAD:

... e de "Music of the night".

TINY:

Gosto de "Bali Há'i"...

BRAD:

... e de quando Emile vê a luz.

TINY:

Gosto quando a Idina veste verde...

BRAD:

E quando Judy usa amarelo.

TINY:

Gosto da Patti cantando *don't cry*...

BRAD:

... e da Barbra cantando *hello!*

TINY:

Gosto de pacotes de papel pardo...

BRAD:

... amarrados com barbante!
Gosto do sino do bonde...

TINY:

... fazendo seu *ding-ding-ding* ressonante!

TINY e BRAD

(*falando, totalmente encantados com a importante descoberta da sincronia dos dois*)**:**
Uau...

Tiny para e faz uma observação para a plateia.

TINY:

É claro que, quando vimos que tínhamos tudo isso em comum, ficamos mais íntimos. Porque é assim que funciona, né? Você tem pontos em comum suficientes com a pessoa para se sentir seguro e mergulhar abaixo da superfície, para chegar às verdades mais profundas que acha que não são visíveis a olho nu.

A música volta a tocar.

TINY:

Gosto de ainda não ter sido expulso de casa.

BRAD:

Gosto que meu padrasto não é um babaca.

TINY:

Gosto de não precisar enganar.

BRAD:

Gosto de não achar que minha vida vai acabar.

TINY:

Gosto de não precisar mais flertar.

BRAD:

Gosto de não sentir mais a alma latejar.

Tiny fala com a plateia de novo. Brad fica simplesmente mudo, alheio.

TINY:

Continuamos falando sem parar. E não fizemos mais nada. Eu queria beijá-lo, abraçá-lo, ser seu namorado. Mas não fazia ideia do que ele queria. Essa foi a única coisa sobre a qual não falamos: nós dois juntos.

Quando começamos um segundo mês sem esclarecer toda essa história de estarmos namorando ou não, e se íamos nos beijar, eu me vi cada vez mais perto de tocar no assunto.

A música recomeça.

TINY:
Gosto de olhar para a Cate Blanchett um tempão.

BRAD:
Gosto de ver a Sandra Bullock em qualquer ocasião.

TINY:
Gosto de ver reprises de *Buffy* quando estou desiludido.

BRAD:
Gosto de assistir a *Doctor Who* quando me sinto deprimido.

TINY:
Gosto de um pote de sorvete de caramelo salgado só pra mim.

BRAD:

Gosto de Darren Criss cantando "Teenage
Dream".

TINY:

Gosto de Liza em Berlim, tão graciosa...

BRAD:

... e Rita em West Side, tão maravilhosa.

TINY:

Gosto de Nemo e Marlin, suas reluzentes
escamas...

BRAD:

... e de Simba e Mufasa rolando na grama.

TINY (*impulsivo de repente*)**:**

Gosto de tudo isso,
é verdade.
Mas também gosto
do seu corpo e
do seu sorriso,
do seu casaco
e dos seus sapatos,
da sua doçura
e das suas piadas,
do seu estilo
e do seu perfume.
Em outras palavras,

o que acho que estou dizendo é que
gosto de você.
É, de você.
Gosto de você
e gosto muito.
É verdade,
gosto muito de você.
Quero dizer,
eu gosto muito, muito, muito de você.

BRAD (*falando*):
Ah. Hã... ah. Obrigado?

TINY (*cantando*):
Gosto de você gosto de você gosto de você
gosto de você!
Gosto de você!
Gooooooooooooooosto de você!

BRAD (*falando*):
Você não precisa fazer isso.

TINY (*absorto e sem prestar atenção em Brad*):
Goooooooosto de você!
Ah, é.
De verdade.
Gosto tanto tanto tanto de você.

BRAD (*falando*):
A gente só se conhece há um mês.

TINY (*cantando no ritmo de "Tomorrow"*)**:**
Te adoro,
te adoro,
que um dia eu te ame é capaz,
mas já te adoro demais...

BRAD:

Não posso fazer isso. Desculpe, Tiny. Mas você tem de parar.

TINY (*ficando mais sério e suplicante*)**:**
Mas eu gosto de você...
Gosto mesmo de você...

BRAD:

Estou indo embora.

TINY (*falando*)**:**
Mas eu gosto de você.

BRAD:

Desculpe. De verdade. Mas não posso ser isso. Não posso fazer isso. Eu realmente tenho de ir agora.

TINY (*gritando conforme ele se vai*)**:**
Eu gosto de você!

Essa última parte é a que vai assombrá-lo, a que até ele percebe ter sido demais. Brad não está pronto, e Tiny não está pronto para Brad não estar pronto. Então, o que poderia ter sido uma amizade incrível é destroçado contra a parede por esperanças românticas. É estranho olhar agora e ver que, apesar de eu achar que éramos iguais, nós não estávamos em sintonia. Aprendi uma lição importante: só porque um garoto é capaz de recitar a lista completa de músicas do disco de [nome de um musical], isso não quer dizer que ele sabe qual vai ser o título do próprio musical.

Claro que essa lição só veio bem mais tarde. Naquele momento, não me senti aprendendo nada. Me senti enganado e encurralado e traumatizado.

O que faz com que seja a hora de mandar entrar a Brigada de Amigos.

Phil Wrayson entra por onde Brad acabou de sair. O diálogo a seguir é falado, não cantado.

PHIL:

Está tudo bem. Tem um monte de outros garotos por aí. Tenho certeza de que você vai gostar de algum deles.

TINY:

Mas eu gosto *dele*.

PHIL:

Tenho certeza de que há um jeito melhor de dizer isso, mas como o jeito melhor não vem à minha cabeça no momento, vou dizer dessa forma: ele não gosta de você. Não do jeito que você quer.

TINY:

Mas não é justo!

PHIL:

Não tenho experiência nenhuma nessa área, mas meus instintos me dizem que justiça não é a questão principal num término.

TINY:

Término? Foi isso o que acabou de acontecer?

PHIL

(*olhando para o lugar por onde Brad saiu e depois voltando a olhar para Tiny*):
A não ser que ele volte nos próximos cinco segundos, eu diria que foi.

Os dois contam cinco segundos. Tiny usa os dedos. No cinco, ele dá um grande suspiro.

TINY:

Vai ficando mais fácil com o tempo?

PHIL

*(com jeito e voz de quem não faz ideia
do que está dizendo)*:
Claro! Óbvio!

Phil sai do palco. O que é bem fácil para ele, considerando tudo que houve.

TINY:

Eu achei que conseguiria deixar Brad para trás e encontrar alguém melhor, mais inteligente, mais encantador e, o mais importante, alguém que gostasse de mim tanto quanto eu dele. Quando chegou o fim do ano letivo, mergulhei nos olhos azuis de Silas, um dos outros garotos gays da escola. Não tínhamos muito em comum, mas achei que termos em comum o fato de sermos gays bastaria. Não prestei atenção ao fato de que, quando comecei a falar sobre *Les Misérables*, ele me perguntou se era em francês. E que, quando mencionei "Memory", ele me perguntou de que musical era, aí achou *hilário* eu gostar de uma música cantada por um gato. Ele falava comigo sobre coisas como política, mas eu não prestava atenção. Eu estava pensando em outra coisa. Ou, mais precisamente, outra *pessoa*.

SILAS, *o ex-namorado n° 2, entra no palco e se senta à mesa; fica claro que estão em um encontro. Tiny se senta diante dele. Olha em seus olhos com amor. A plateia deve pensar "Ah, isso está indo bem". Mas aí, Tiny abre a boca.*

    TINY (*na melodia de* EU GOSTO**):**
Braaaaaaaaaaaaaaad! Brad Brad Brad Brad Brad.
Brad Brad Brad.
Brad Brad.
Braaaaad.
Braaaaad!

Silas olha para Tiny como se ele fosse maluco e sai.

SEGUNDO ATO, CENA 3

Lynda, a babá lésbica, entra, seguida pelo Fantasma de Oscar Wilde.

TINY:
O que você está fazendo aqui? Já não foi para Oberlin? E quem é esse com você?

LYNDA:
Essa interrupção é mais temática que realista. E este é Oscar Wilde.

TINY:
O que Oscar Wilde está fazendo aqui?

LYNDA:
Ele é a prova de que é possível ser um artista genial e ainda assim ser um imbecil no amor.

TINY:
Acho que ainda não estou pronto para essa lição.

Lynda dispensa o Fantasma de Oscar Wilde do palco. Ele sai sem dizer nada.

LYNDA:

Você precisa aprender a colocar as coisas em perspectiva.

TINY:

Você diz isso, mas tudo que escuto é: "Você precisa parar de ser tão maluco, Tiny Cooper."

LYNDA:

Não foi isso o que eu disse.

TINY:

Mas foi isso o que ouvi! E *não* sou maluco. Os problemas com meus ex-namorados não são todos meus. Eles também têm problemas.

LYNDA:

Eu sei.

TINY

(como se ela não tivesse acabado de concordar com ele):

Não acredita? Chame os ex n° 3, 12 e 16. Todos terminaram comigo basicamente pelo mesmo motivo.

LYNDA:

E que motivo foi?

TINY:

Meu tamanho.

*Os **ex nº 3, 12 e 16** aparecem cantando os versos da parada. Parecem desconjuntados quando fora do contexto da música, como Cinderela e os outros cantando pela floresta no segundo ato de* Caminhos da Floresta.

EX-NAMORADO Nº 3:

Você é tão maciço.

EX-NAMORADO Nº 12:

Não consigo tirar a dúvida de mim.

EX-NAMORADO Nº 16:

Tenho medo de que minha cama não te aguente.

EX-NAMORADO Nº 3:

Olha só seu tamanho!

EX-NAMORADO Nº 12:

Preciso de alguém com uma boa bunda.

EX-NAMORADO Nº 16:

Não ligo se você me deletar.

A plateia deve se sentir pouco à vontade nessa parte, porque as coisas que os ex-namorados estão dizendo não são legais.

Tiny para de conversar com Lynda, que sai do palco enquanto ele fala com a plateia.

TINY:

Vocês podem perguntar: "Eles não sabiam em que estavam se metendo desde o começo? Você não ficou desse tamanho da noite para o dia!" A isso, eu respondo: verdade. E tenho certeza de que houve gente que se assustou comigo antes mesmo de me conhecer. O namorado nº 3 foi uma pessoa que encontrei no shopping, nem chegamos a sair. Só me certifiquei de ser convidado para uma festa em que ele estaria, e, quando me aproximei, ele disse que eu era grande demais e falou "Olhe só seu tamanho", e pronto. Fim. Ele conta como ex porque me fez sentir abandonado mesmo sem me fazer sentir amado primeiro.

O ex nº 12, Curtis, foi diferente. Acho que ele me via da mesma forma que os amigos me viam, e não foi forte o bastante para mandá-los calar a boca. Quando estávamos só nós dois, quando conseguíamos bloquear o mundo, ficava tudo bem. Mas nenhum relacionamento deve se basear em precisar bloquear o mundo. O mundo sempre vai participar. E, se o mundo vai deixar você com vergonha de namorar um cara de ossos largos, esse garoto de ossos largos vai reparar.

Quanto ao ex nº 16, Royce, ele flertava com *todo mundo*. Mas, se você retribuísse, era o fim. Alguns garotos, não muitos, mas alguns, são assim, tiram a própria força ao encontrar nossas fraquezas e cutucá-las. Tem algo de estranhamente hipnotizante na confiança deles. Tão hipnotizante que, quando eles são condescendentes, você deseja secretamente que a força seja transmitida e você passe a ficar tão confiante quanto ele. Mas não é assim que funciona. Ser eficiente em ser babaca não é uma força, é só ser babaca. Pode tornar esses caras Futuros Líderes Empresariais dos Estados Unidos excepcionais, mas faz com que sejam namorados de merda.

Agora, quanto ao número que em breve irá se desenrolar: apesar de haver muita gente como eu que o reverencia em seu altar, o teatro musical não é muito gentil com atores de estrutura grande. Na ópera, ganhamos árias, romance, intriga. No teatro musical, somos o elemento cômico (quando temos a permissão de estar presentes). Quando o garoto gordo dança, geralmente é para fazer rir. Mas não aqui. Não no meu *show.*

O que quero que você faça é o seguinte. São na verdade duas músicas em uma... mas a plateia não vai saber disso a princípio. Na primeira parte, pode fazer o número de forma tão afeminada quanto queira. *Deixe que vejam o garoto gordo dançar! Mas, quando a segunda parte começar, retire isso tudo. Torne-a sincera. Pense no que conseguiram fazer em* Kinky Boots. *No começo, é só "ei, drag queens, ha-ha-ha", mas no final Billy Porter tem um grande número e o vende para a plateia como se estivesse ganhando comissão. Não tem ha-ha-ha. Só tem uma bela mulher elevando-se de toda a dor e de toda a merda que viveu durante toda a vida. O que estou escrevendo aqui não é tão bom assim, mas tente dar essa força à cena.*

É exatamente o que os ex-namorados nº 3, 12 e 16 não gostariam que você fizesse. Imagine-os sentados na plateia enquanto você canta. Imagine-os rindo de você no começo. E, então, tente imaginá-los percebendo que estavam errados sobre você.

No começo, Tiny parece magoado. Mas aí olha para eles com superioridade quando a música começa a crescer. Ele vai cantar para eles até o coro entrar. Então, vai cantar para a plateia até a virada final.

[O TAMANHO DO PACOTE]

TINY:
Como é? Vocês acham que me conhecem?
Nada é mais engraçado que um garoto gordo.
O quê? Vocês acham que merecem?
Quem sou eu para pensar em amor?

Essa parte é a conclusão em ritmo disco. O solo de Jennifer Holliday/Hudson. O coro entra no palco para dar apoio a Tiny.

Seu amor é a caloria vazia aqui.
Vocês dizem que sou enorme, mas não
    conseguem me ver.
Então arranquem esse sorrisinho faceiro...
Porque sei que tenho ossos largos e sou lindo
    nos lugares certeiros.

TINY e CORO (*em ritmo disco*)**:**
Não é o tamanho do pacote,
é o tamanho da alma.
Não é o corpo que você tem,
é a vida vivida sem trauma.

Não é o tamanho do pacote,
são os passos que fazem a pessoa.
Não é o peso da palavra,
é aquilo que ela apregoa.

TINY:

Eu já fui um garotinho...
ah, não, eu nunca fui pequenininho!
Sempre vivi do meu jeito,
estive no comando de tudo.
E, se você não aguenta, bem feito,
Já já sairei de seu mundo!

TINY e CORO:

Não é o tamanho do pacote,
é o tamanho da emoção.
Não é o ponteiro da balança,
é vontade e disposição.

Não é o tamanho do pacote,
isso é seu orgulho maior.
Não é o volume da barriga,
é o fogo interior.

TINY:

Eu já fui um garotinho...
ah, não, nunca fui pequenininho!
Sempre vivi do meu jeito,
estive no comando de tudo.
E, se você não aguenta, bem feito,
Já já sairei do seu mundo!

Agora vem um interlúdio divertido de dança, o garoto gordo dançando, ha-ha-ha, mas faça com que Tiny mantenha a dignidade. Enquanto o número se desenvolve, ele percebe que os ex estão olhando. E, por mais que os queira reconquistar... ele não os está reconquistando. O último refrão é cantado com menos segurança. O coro, que se afasta para o fundo, continua olhando para os ex.

TINY e CORO:

Não é o tamanho do pacote,
é o tamanho do coração.
Não é o corpo que você vê...

Tiny para no terceiro verso e olha para os ex. Números 3 e 16 estão rindo dele. Número 12 parece constrangido por ter visto o que acabou de ver.

TINY

*(suplicante, olhando para os ex, com
o ritmo bem mais lento):*
Como é? Vocês acham que me conhecem?
Nada é mais engraçado que um garoto gordo.
O quê? Vocês acham que merecem?
Quem sou eu para pensar em amor?

O último verso deve se espalhar pelo teatro. As pessoas precisam entender o que as gargalhadas dos ex signi-

ficam para Tiny. Mesmo tendo orgulho de si, ele não é invulnerável à dúvida. Se você acha que um número musical acaba com todas as inseguranças dele, pense novamente. Ele sabe o que é certo e o que é errado. Mas ainda não sente isso. E, apesar de ser ótimo saber o que dizer, é preciso sentir as palavras para que se tornem verdadeiras pra você.

A luz se apaga.

SEGUNDO ATO, CENA 4

Enquanto Tiny muda rapidamente de roupa, Phil aparece no palco.

PHIL WRAYSON:

Não sinto orgulho do fato de que o quarto ex-namorado de Tiny foi minha culpa. E eu gostaria de me desculpar publicamente com Tiny por tudo que aconteceu.

TINY (*fora do palco*):

Desculpas aceitas!

PHIL WRAYSON:

Ele era meu primo. Hã, não exatamente meu primo. Mas o filho da melhor amiga de faculdade da irmã da minha mãe, que passou três dias na cidade. Então, meio que primo. Talvez nem de primeiro grau. Meio que primo de segundo grau. Tipo, se eu fosse rei de Illinois e morresse, esse cara ocuparia, tipo, o lugar 395 da fila de sucessão do trono.

TINY (*fora do palco*):

Você já explicou! Agora vá para a parte boa!

PHIL WRAYSON:

A parte boa é que, durante dois dos três dias que passou na cidade, esse cara saiu com Tiny Cooper.

TINY (*fora do palco*)**:**

Agora vá para a parte ruim!

PHIL WRAYSON:

A parte ruim é que esse cara só saiu com Tiny Cooper porque estava morrendo de tédio por estar hospedado lá em casa e, quando teve a oportunidade de sair duas vezes com Tiny Cooper em vez de jogar Scrabble comigo e com meus pais, ele preferiu os encontros. Tiny não sabia disso na ocasião.

TINY (*fora do palco*)**:**

Eu achei que era amor!

PHIL WRAYSON:

Ele achou que era amor. Quando, na verdade, era uma fila de 395 pessoas na frente do amor. Quando chegou a hora do cara ir embora, ele nem pediu o e-mail ou número do celular de Tiny. No ano e meio que se passou desde então, esquecemos o nome dele.

TINY (*fora do palco*)**:**

Era Octavio!

PHIL WRAYSON (*para a plateia*):
Não era Octavio.

TINY (*fora do palco*):
É Octavio se eu quiser que seja!

PHIL WRAYSON (*para Tiny fora do palco*):
Esse nome existe?!?

TINY (*fora do palco*):
... (*silêncio teimoso*)

PHIL WRAYSON (*para a plateia*):
Nesta peça, ele vai ser conhecido como Octavio. Octavio, venha aqui cumprimentar a plateia. Palmas para Octavio!

Phil Wrayson começa a bater palmas. Com sorte, isso vai levar a plateia a bater palmas também. A situação fica meio constrangedora. O ex-namorado nº 4 não aparece.

TINY (*fora do palco*):
Ele já foi embora!

PHIL WRAYSON (*para a plateia*):
Isso me parece apropriado. Vamos então para o ex-namorado nº 5?

O ex-namorado nº 5 aparece no palco. Como muitos dos garotos por quem Tiny sente atração, ele é ator. (Se essa última frase chamou sua atenção, isso quer dizer que você já tentou namorar um ator.) Agora é preciso ser dito que passei boa parte de meus dias seguindo pela vida como se ela fosse meu próprio musical. Mas não vejo problema nisso, pois a vida é, sim, meu próprio musical. Já **JIMMY** *pensava ser o centro de sua própria peça de Shakespeare. Ele era afetado e pretensioso, e, mesmo assim, eu teria sido o iambo no peônio dele durante cinco atos, ou mais, se ele deixasse.*

Quando se namora um ator, você pensa que ele vai deixar você fazer parte do ato. Mas, na maioria das vezes, você só encontrará os cinco estágios do luto.

Mas ainda não! Esta é uma cena doce. Porque foi mesmo doce enquanto durou.

Três cadeiras são colocadas no palco para simular cadeiras de cinema.

PHIL WRAYSON:
Até mais tarde.

Tiny entra correndo no palco com uma nova roupa, segurando um balde de pipoca de cinema.

JIMMY (EX-NAMORADO Nº 5):
Tiny! Aqui!

TINY (*empolgado por causa do encontro*)**:**
Oi!

JIMMY:
Esses lugares estão bons?

TINY:
Sempre que tenho um sonho que se passa no cinema, um sonho bom, é claro, estou sentado exatamente nesses lugares.

Eles se sentam, Tiny primeiro. Quando ele está se sentando, coloca o balde de pipoca na cadeira ao lado. Jimmy, achando que isso quer dizer que Tiny vai deixar a pipoca ali, se senta ao lado. Tiny percebe isso tarde demais e deixa a pipoca entre os dois.

JIMMY:
Estou tão feliz que já é verão. E estou feliz de termos a chance de passar um tempo juntos!

TINY:
É! Já fui ver você em *Otelo* três vezes, mas nenhuma vez reparei que você era...

JIMMY:

Tão gay quanto um flamingo vestido de mulher?

TINY:

Isso sim é atuar.

Ouvimos um projetor de cinema sendo ligado. Os dois se esticam para pegar pipoca ao mesmo tempo. Suas mãos se tocam. Há um choque momentâneo, mas Jimmy afasta a mão.

JIMMY:

Você primeiro.

TINY:

Não, você primeiro.

JIMMY:

Eu insisto.

Tiny enche a mão de pipoca. Mas percebe que não tem jeito de comê-las com classe. Depois que Jimmy pega uma porção menos exagerada, Tiny devolve um pouco, para que a sua fique menos exagerada também.

Isso dá o tom do número, que vai ser cantado por uma **ESTRELA DE CINEMA** *no canto do palco, sob um holofote e um fundo que deve parecer uma tela de cinema. (Talvez, para deixar claro, comece com a projeção do 9-8-7 de teste em cima dela, como no começo de um filme antigo.) (Ou nele — a estrela de cinema pode ser quem você quiser. Para o filme, eu gostaria de Anne Hathaway, mas como na versão* Noite de Reis *que ela fez em* Shakespeare no Parque, *não a performance da Anne-de-cabelo-tão-ruim-que-quase-me-matou em* Os miseráveis.)

Quando a estrela de cinema começar a cantar, deve acontecer uma coreografia elaborada e romântica entre Jimmy e Tiny. Primeiro, só flerte enquanto comem pipoca. Alguns toques de mão "acidentais". Um pouco de pipoca dividida, um tentando jogar na boca do outro, essas coisas. Algumas inclinadas de corpo na direção do outro. Finalmente, Jimmy muda a pipoca de lugar e se senta na cadeira onde o balde estava. Um beijo se aproxima. Em determinado momento, Tiny vai com tudo, mas Jimmy acabou de encher a boca de pipoca. Deve ser engraçado e fofo. A plateia precisa esquecer que Jimmy é um ex-namorado. A plateia deve pensar que tem potencial ali. Porque, claro, naquele momento Tiny não via Jimmy como futuro ex. Ele via Jimmy como futuro.

[PERTO DE UM BEIJO]

ESTRELA DE CINEMA:
O palco está pronto.
As luzes estão pálidas.
Poucos centímetros separam
duas pessoas cálidas.

Um último murmúrio
finalmente foi sussurrado.
Está na hora de usar os lábios
pra sentir o inesperado...

Existe alguma coisa
mais forte que o desejo?
Quando se está perto
tão perto
de um beijo?

Duas cabeças.
Um pensamento.
Dois corações.
Um momento...

O palco está pronto.
As luzes estão pálidas.
Poucos centímetros separam
duas pessoas cálidas.

Um último murmúrio
finalmente foi sussurrado.
Está na hora de usar os lábios
pra sentir o inesperado...

Existe alguma coisa
mais forte que o desejo?
Quando se está perto
tão perto
de um beijo?

Não perca seu tempo...
aproveite o ensejo!
Porque estamos perto
tão perto
de um beijo...

*Eles se beijam. É o primeiro beijo de Tiny. E o terceiro
de Jimmy.
É mágico.
Eles se separam. Eles se beijam de novo. E de novo.*

As emoções crescem dentro de Tiny. Ele precisa cantar.

TINY:

Gosto de você!
É, de você.
Gosto muito de você!

Gosto tanto de você!
É pra valer...
Gosto muito, muito de você.
Quero dizer,
gosto muito, muito, muito de você!

JIMMY (*falando*):
Também gosto de você. E o tempo passa.

TINY:
Gosto de você, gosto de você, gosto de você
Gosto de você!
Gosto de você!
Goooooooooooooooooosto de você!

JIMMY (*falando*):
Também gosto de você. Mas pode ser...

TINY
(*superenvolvido e sem prestar atenção em Jimmy*):
Gooooosto de você.
Ah, é.
Pra valer.
Gosto tanto tanto tanto tanto de você.

JIMMY (*falando*):
Também gosto de você, Tiny. Mas não sei se
gosto de você desse jeito.

TINY (*falando*):
O quê?

Passamos diretamente para o número seguinte...

[VOCÊ É MARAVILHOSO! NÃO QUERO NAMORAR VOCÊ!]

JIMMY:
Você é maravilhoso!
Não quero namorar você!
Você é incrível!
Prefiro ser seu amigo!

Você é especial!
Então pra que estragar?
Você é fantástico!
Só não sei se é meu tipo!

TINY (*falando*):
O quê? Fantástico não é seu tipo?

JIMMY:
Você é estupendo!
Mas não consigo te levar a sério!
Você é impressionante!
Mas a relação terminaria em adultério!

Você é o melhor!
E não quero te fazer sofrer!
Você é demais!
Mas não posso ficar com você só porque você
    quer!

TINY (*falando*):

Isso quer dizer que não tem mais beijo, né?

Jimmy se inclina para beijar Tiny. Mas, desta vez, na bochecha.

JIMMY:

Você é maravilhoso!
Não espero que você compreenda!
Você é um deleite!
Sei que vai encontrar um homem que te entenda!
E esse outro homem pode ser
tão maravilhoso com você
quanto você é comigo!
Só que vai ser recíproco
e ele não vai ser tão ridículo
quanto eu dizendo:
Você é maravilhoso!
Mas não posso namorar você!

Jimmy sai.

TINY:

Mas eu não quero mais ninguém! *(para a plateia)* Ou ao menos eu achava que não queria mais ninguém. E alguns dias se passaram. O buraco do tamanho de Jimmy em minha vida foi ficando menor e menor, até que eu sequer o sentia mais.

Jurei nunca mais sair com um ator. Aí percebi que, hã, eu *sou* ator, então tinha de torcer para algum outro cara por aí não estar jurando que nunca sairia com um ator.

De um modo geral, eu sentia que precisava ampliar o grupo de pretendentes, porque, no momento, ele parecia bem reduzido. E mesmo eu não estando pronto para mergulhar no oceano de caras me esperando depois que eu terminasse o ensino médio, eu podia pelo menos nadar em uma piscina olímpica.

E foi por isso que eu pedi aos meus pais para me mandarem para o acampamento de teatro.

Eu queria meu despertar da primavera, mesmo que ele acontecesse na estação seguinte. Eu queria um amor de verão que acontecesse rápido. Queria me sair bem no amor sem precisar me esforçar.

Minha mãe costurou meu nome em todas as minhas cuecas. Mas, na verdade, era o nome de outro garoto que eu estava pronto para costurar no coração.

(olha para as próprias roupas) Não posso usar isso para ir ao Acampamento das Estrelas. Volto já.

Tiny sai do palco e coloca um traje de verão enquanto o Acampamento das Estrelas é montado no palco por uma variedade de campistas/atores-de-teatro-musical extremamente entusiasmados.

SEGUNDO ATO, CENA 5

A passos largos, Tiny surge em trajes de verão. Quando Joseph Templeton Oglethorpe Terceiro é mencionado, o ex-namorado nº 6 aparece. Ele deve estar vestido como o personagem de alguma peça. Use o figurino que tiver disponível, mas um traje shakespeariano seria engraçado. Este será mais um ator que Tiny vai namorar.

O coro é formado pelos colegas campistas de Tiny, cada um mais drama queen *que o anterior. Porque é assim mesmo. (Para obter mais referências, leia o tomo definitivo sobre o assunto,* Dramarama, *de E. Lockhart.) Joseph canta com o coro, exceto o último verso.*

TINY:

(olhando para as próprias roupas) Bem melhor, né?

Bem-vindos ao Acampamento das Estrelas, terra dos garotos desajustados e de todas as garotas que os amam. Montamos oito musicais em oito semanas; num minuto você era Andrew Jackson, mas aí piscava e passava a ser Papai Warbucks, Porgy ou Bess. Os diretores tinham todo o poder, e nós os idolatrávamos ou xingávamos, dependendo do que acontecia. A comida não era do padrão de *Oliver!*, o calor ficava em algum

ponto entre *Oklahoma!* e *110 in the Shade,*
e os colchões estavam mais para ervilha que
para princesa.

Mas nada disso importava. Eu tinha encontrado minha tribo. Parecia uma reunião
familiar de uma família que eu ainda não
conhecia, um retorno para um lugar onde
sempre deveria ter estado, mas não sabia
como chegar.

*Os outros campistas agora terminaram de arrumar o
acampamento, e Tiny está pronto para cantar.*

[VERÃO DE ALEGRIA]

TINY:
Houve um tempo de neblina
em que pensei gostar de vagina,
mas eis que veio um verão
e algo melhor captou meu coração...

JOSEPH *aparece.*

Eu soube no momento em que ele ocupou o
beliche de cima

o quanto desesperadamente eu queria criar um
   clima.
Joseph Templeton Oglethorpe Terceiro
fez meu coração cantar feito um pássaro
   brejeiro.

TINY e CORO:

Verão de alegria!
Tão adorável! Tão gay!
Verão de alegria!

TINY:

Definiu o ano inteiro, eu sei!

Mamãe e papai não sabiam
que estavam me deixando de quatro
no momento em que me mandaram
pro acampamento de teatro.

Tantos Hamlets entre os quais escolher,
alguns atormentados, alguns gatinhos.
Eu estava pronto para a esgrima
ou para seguir, de Ofélia, o caminho.

Havia garotos que me chamavam de irmã,
e irmãs que me ensinaram sobre garotos.
Joseph me sussurrava doces bobagens...

Joseph sussurra doces bobagens.

... e eu o alimentava com biscoitos.

Tiny o alimenta com biscoitos.

TINY e CORO:
Verão de alegria!
Tão cheio de frutas! Tão completo!
Verão de alegria!

TINY:
Percebi que Anjo era meu papel predileto!

Mamãe e papai não sabiam
que eu dava a seu dinheiro tão bom proveito
quando em nossa produção de *Rent*
aprendi sobre o amor perfeito.

Tiny passa os braços ao redor de Joseph.

Tantos beijos nas passarelas!
Tanta competição pelos papéis!
Nos apaixonamos completamente...

CORO:
... entre tantas raças, sexualidades e fiéis!

TINY e CORO:
Verão de alegria!
Chegou tão rápido ao fim!
Verão da alegria...

TINY:
... meu coração ainda ouve seu clarim!

Joseph se desvencilha do abraço de Tiny e sai do palco. O ritmo fica mais lento, no estilo do trecho "It turned colder" da música "Summer Nights".

Joseph e eu não chegamos a setembro,
mas não se pode apagar a brasa colorida.
Nunca mais hei de voltar
à estrada heterossexual da vida.
Pois agora todo dia...

CORO:
Sim, todos os dias!

TINY:
É verão de
alegria!

O palco fica preto. Ou da cor que você quiser. Se conseguir encontrar um jeito de deixar o palco rosa ou roxo, fique à vontade.

SEGUNDO ATO, CENA 6

Quando Tiny volta ao palco, está novamente com roupas de escola. O verão no Acampamento das Estrelas deu a ele o que precisava: uma noção de que existe um lugar ao qual realmente pertence.

Não me entenda mal. Como você pôde ver no primeiro ato, minha família reagiu bem a quem eu sou. Isso é importante. Mas eu não queria meus pais como companhia para o resto da vida. Eu tinha de começar a formar aquela segunda família, a que se escolhe quando há oportunidade. O Acampamento das Estrelas me fez ver como era isso, mas por um período limitado. Agora, eu tinha de começar a fazer o mesmo de volta a minha realidade.

TINY (*falando*):

Voltei para casa pronto para ser a grande estrela gay que nasci para ser. O término com Joseph foi o primeiro a fazer sentido. Podíamos ter tentado um namoro a distância, mas eu não gostava de distâncias. Não fazia sentido ter um namorado se eu não pudesse tê-lo ao meu lado. Joseph e eu choramos todas as lágrimas de verão de uma vez, sem dúvida. Mas a questão das lágrimas de verão é que você sabe que elas são feitas do calor da estação. Evaporam quando o ano letivo começa. Joseph e eu tivemos uma discussão sincera sobre isso quando nos despedimos. Eu pensei: "ei, isso deve querer dizer que estou crescendo".

E não fui o único que cresceu. Voltei para a escola e descobri que o arco-íris tinha se espalhado pra valer. Antes, eu conseguia contar o número de garotos gays em uma das mãos, mas agora parecia haver mais garotos gays na escola que a quantidade de minutos em *Miss Saigon*. Mergulhei de cabeça.

O **EX-NAMORADO Nº 7** *entra. Ele parece um cachorrinho perdido, mas tem o coração de uma cadela.*

TINY:

Evan era novo na cidade. Eu o levei para passear. O passeio incluiu meu quarto.

Em duas semanas, ele quis pular fora de meu comitê de boas-vindas.

EX-NAMORADO Nº 7 (*reprise da "Parada"*)**:**
Encontrei outro alguém.

TINY (*falando*):
Isso o deixou mal, mas ele estava a fim de outra pessoa. Tenho certeza de que eu teria sofrido mais... só que, três dias depois, comecei a flertar pela primeira vez no treino de futebol americano. O nome dele era Ramon. Ele é do meu time desde o quinto ano.

O **EX-NAMORADO Nº 8** *entra e para ao lado do ex-namorado nº 7. Você ganha bônus se o Ex-namorado nº 8 tiver feito o papel de um dos jogadores de futebol americano não agressivos do começo da peça.*

TINY:
Pensei que tivéssemos tantas coisas em comum. Mas ele atrapalhava todos os meus passes, e logo percebi que não estava jogando de coração. Ele só demorou nove dias para me contar que queria tirar nosso relacionamento de campo. Implorei por uma explicação.

EX-NAMORADO Nº 8 (*reprise da "Parada"*):
Não vou me justificar pra ninguém.

... mas, enquanto canta o verso, ele segura a mão do ex-namorado nº 7. Eles se olham apaixonadamente.

TINY:

Evan e Ramon começaram a namorar na semana seguinte.

EX-NAMORADO Nº 7 (*cantando*):

Gosto de você!

EX-NAMORADO Nº 8:

Gosto de você!

EX-NAMORADOS Nº 7 e Nº 8 JUNTOS:

Gosto tanto, tanto de você!

Eles saem juntos do palco, saltitando. No caminho, passam por Phil, que está chegando.

PHIL:

Oi.

TINY:

Oi.

PHIL:

Eu soube sobre Ramon. E Evan. E acho que você estava namorando um deles, né? Ou os dois? Seja como for, que droga essa situação.

TINY (*surtando um pouco*):

Eu não entendo, Phil! De que adianta ser a grande estrela gay que nasci para ser se ninguém quer namorar comigo além do primeiro trimestre? Parece uma piada de mau gosto eu me esforçar tanto para ser completamente eu mesmo e acabar me sentindo tão incompleto.

PHIL:

Você não precisa ter um namorado para ser completo. Eu, por exemplo, não tenho namorada. E olhe para mim.

TINY:

Eu *sei*. Olhe para você!

Tiny olha Phil de cima a baixo. Fica claro que está preocupado.

PHIL:

Se me agredir faz você se sentir melhor, vou deixar que continue por mais dois minutos. Mas só porque você acabou de levar um pé na bunda de um ou dois garotos.

TINY (*balançando a cabeça*):
Não. Não é você que eu devia agredir. Obviamente, sou eu.

PHIL:
Não foi isso que eu quis dizer.

TINY:
Eu sou repulsivo!

PHIL:
Você não é repulsivo.

TINY:
Mas eu afasto as pessoas!

PHIL:
Me faça um favor e me diga que essa festa da autopiedade acaba rápido. Ou que pelo menos vai ter bolo.

TINY:
Eu não sou amável!

PHIL:
Sua mamãe e seu papai e seus amiguinhos te amam muito, viu?

TINY:

Mas, mais que tudo, pior que tudo, eu sou inadequado!

PHIL:

Inadequado.

TINY:

Inadequado! Um garoto pode até olhar para mim, mas nunca fica comigo mais do que alguns dias. Como você acha que eu devo me sentir diante disso?

PHIL:

Mas Tiny...

TINY:

Não, Phil. Só por um momento, quero que você aja como uma garota. Seja meu amigo, mas seja meu amigo como uma garota seria, não como um garoto hétero. É o único jeito de você entender.

Eu sei que não deveria querer tanto. Sei que deveria ficar feliz sozinho. Mas só consigo sentir que tem uma peça faltando. Só consigo me sentir... inadequado! Um garoto pode até dizer que é meu, mas depois de um período curto de tempo, ele esquece o motivo.

PHIL:

Não seja tão duro com você!

TINY:

Que fofo de sua parte! Mas quer saber? Por mais que eu me ame, sempre vou me perguntar por que outras pessoas não me amam. Por mais que eu cante, vou me perguntar por que não tem outra voz ali, cantando comigo.

PHIL:

Eu estou aqui.

TINY:

Ah, você não conta.

PHIL:

Nem tudo é romance, Tiny. Existem outros tipos de amor.

TINY (*cobrindo os ouvidos*):
NÃO ESTOU TE OUVINDO.

O ex-namorado nº 9 entra no palco. **DEVON CHANG**. *Ah, cara, Devon Chang. Em algum momento do verão, ele mudou de nerd para deus e se tornou O Garoto que Inspirou Mil Mensagens de Texto.*

Tiny desvia a atenção de Phil quando ele e Devon fazem contato visual. Há um breve flerte silencioso. Devon começa a sair do palco.

TINY (para PHIL):

Volto já.

Tiny sai correndo atrás do ex-namorado nº 9, deixando Phil sozinho no palco. (Não julgue. Amigos de verdade entendem esse tipo de coisa.)

SEGUNDO ATO, CENA 7

PHIL
(*olhando para fora do palco*
e voltando para a plateia):
Só podemos desejar o melhor para eles. Vamos ver como foi.

Nesse momento, **DJANE** *aparece. (Em uma encarnação anterior deste musical, ela era Janey, mas acho que Djane encaixa melhor com sua personalidade.) Espero que Phil e Djane não se importem que eu diga tal coisa nas instruções de palco, mas Djane é a garota com quem Phil Wrayson devia estar saindo. Teria acontecido há muito tempo se eles não atrapalhassem.*

Djane balança a cabeça.

PHIL:
Não deu sorte?

DJANE:
Todos os trevos tinham três folhas

PHIL (*pensa por um segundo*):
Ah, saquei...

DJANE:

Ao final do arco-íris, tudo que ele encontrou foi um pote de...

PHIL:

Pare! Isto aqui é um show familiar.

DJANE (*na lata*):

Como assim é um show familiar?

Phil fica apenas olhando para ela.

DJANE:

O que foi?

PHIL:

É que... sei lá... eu acho você bonita?

Djane olha para ele de um jeito estranho.

DJANE:

Por que você diria isso?

PHIL:

Porque você é meio que bonitinha?

DJANE:
Ah, agora é bonitinha.

PHIL:
Minha cabeça está começando a doer de tanto eu avaliar as possibilidades que tenho de ofender você.

DJANE:
Por que você escolheria logo agora para dizer que sou bonitinha?

TINY (*fora do palco*):
Estou pronto para o próximo número!

DJANE:
Preciso ver se Oscar Wilde decorou as falas.

Djane sai.

PHIL (*frustrado, falando na direção dela*):
Não vá se animar demais, viu? Esse sujeito poderia ganhar um Oscar de animação! *(para a plateia)* Meu Deus, eu disse mesmo isso? Acho que tudo isso demonstra que o amor te leva a fazer coisas idiotas. E, mesmo quando as lições ficam claras para todo mundo ao seu redor, às vezes você tem di

ficuldade de enxergá-las. Quando as pessoas dizem que o amor é cego, agem como se isso fosse uma coisa boa. Mas algumas pessoas encontram o caminho através da escuridão melhor que outras.

Tiny é empurrado para o palco em uma cama (se uma cama com rodinhas estiver facilmente disponível). Está usando um pijama de seda. Primeiro, parece dormir. Mas logo fica iluminado pelo brilho de um celular, deixando claro que ele está mandando mensagens.

PHIL:

Mesmo que alguém dissesse para Tiny que acabou, ele queria acreditar no contrário. Talvez porque fosse fácil vê-lo se aproximando, ele não tinha o hábito de ir atrás das pessoas na VR (vida real, gente). Mas um celular... um celular não podia fugir. O aparelho continuaria a receber mensagem atrás de mensagem. Assim, ele ficou mandando mensagem atrás de mensagem.

Quando Tiny adormece, os ex-namorados n° 9, 13, 15 e 17 aparecem na lateral do palco e cantam a canção seguinte no ritmo de "Row, Row, Row Your Boat". O n° 9 canta uma estrofe inteira primeiro, depois repete, e os outros começam a participar, um de cada vez.

EX-NAMORADO Nº 9:

Digite digite digite amor por toda a telinha,
dá medo, dá medo, dá medo, mas o amor saiu de
linha.

Digite digite digite amor por toda a telinha,
dá medo, dá medo, dá medo, mas o amor saiu de
linha.

EX-NAMORADO Nº 13:

Digite digite digite amor por toda a telinha,
dá medo, dá medo, dá medo, mas o amor saiu de
linha.

EX-NAMORADO Nº 15:

Digite digite digite amor por toda a telinha,
dá medo, dá medo, dá medo, mas o amor saiu de
linha.

EX-NAMORADO Nº 17:

Digite digite digite amor por toda a telinha,
dá medo, dá medo, dá medo, mas o amor saiu de
linha.

TINY acorda com um susto assim que eles acabam. Phil Wrayson saiu do palco. No lugar dele está o Fantasma de Oscar Wilde. (Bônus se você conseguir fazer a aparição dele ser surpresa.)

TINY:

Quem é você?

FANTASMA DE OSCAR WILDE:

Ora ora. Sou o fantasma de Oscar Wilde e vim fazer uma visita enquanto você dorme.

TINY:

Pelo fato de eu ser uma promessa singular como dramaturgo?

FANTASMA DE OSCAR WILDE:

É mais por causa de sua vida amorosa decepcionante e do comportamento que resulta disso. Já vi como tem digitado RSRS de forma maníaca e não estou achando graça. Não mesmo. Isso é uma intervenção. Largue o celular.

Tiny não quer abrir mão do celular. E tenta terminar uma mensagem de forma sorrateira.

FANTASMA DE OSCAR WILDE
(inexplicavelmente nervoso):
AFASTE-SE DO CELULAR! LEVANTE AS MÃOS E VÁ PARA LONGE DO CELULAR!

Tiny, pego de surpresa por tamanho escândalo, principalmente vindo de uma lenda teatral irlandesa, larga o celular na cama. O Fantasma de Oscar Wilde pega o aparelho e desliga-o.

FANTASMA DE OSCAR WILDE
(*novamente educado*):
Ótimo. Agora me permita compartilhar um pouco de sabedoria arduamente conquistada, de um homem que usa cravo verde na lapela para outro.

A música começa.

[NÃO APERTE O BOTÃO]

FANTASMA DE OSCAR WILDE:

Aceite um conselho de verdade
de quem vagueia por aí por uma eternidade,
pensando no amor perdido
e no preço envolvido.
Me apaixonei por Bosie e sua zombaria,
e acabei condenado por sodomia.
Cercado de ladrões e bêbados na prisão,
pude pensar nos meus erros durante um
     tempão.

Não digo que lamento romper as leis naturais,
mas lamento não ter parado um pouco mais,
para ver que havia mais de uma centena
de provas dizendo que ele não valia a pena.

Acredite, entendo o impulso
de conseguir o quanto antes uma definição.
Mas preciso interceder aqui e dizer agora:
faça o que fizer, mas não aperte o botão!

Você acha que é boa ideia,
mas não é.
Você acha que tem algo a dizer,
mas não tem.
É um comportamento natural
achar que palavras vão salvá-lo afinal,
mas elas não fazem mortos saírem andando
e nem mudam o que ele está pensando.

Quando a sétima mensagem você mandar
sem nenhuma resposta retornar,
é um sinal, meu querubim,
um sinal que diz FIM.

Antigamente,
se você queria passar vergonha,
tinha de esperar uns dias
para que o carteiro o entregasse.
Mas agora, em um instante
de desejo mais insistente,

você segue sem olhar
e sua pressa te faz se arrasar.

Não aperte o botão!
Não coloque na cabeça
que o celular é a salvação.
Você pode ter medo de pausas,
Mas todas as pausas têm suas causas!

Você acha que é boa ideia,
mas não é.
Você acha que tem algo a dizer,
mas não tem.
É um comportamento natural
achar que palavras vão salvá-lo afinal,
mas elas não fazem mortos saírem andando
nem mudam o que ele está pensando.
Quando a sétima mensagem você mandar
sem nenhuma resposta retornar,
é um sinal, meu querubim,
um sinal que diz FIM.

Antigamente,
se você queria passar vergonha,
tinha de esperar uns dias
para que o carteiro o entregasse.
Mas agora, em um instante
de desejo mais insistente,
você é capaz de simplesmente acabar
com qualquer chance que o garoto pudesse dar!

Não aperte o botão!
Não coloque na cabeça
que o celular é a salvação.
Você pode ter medo de pausas,
mas todas as pausas têm suas causas!
Mais palavras não vão convencer,
só vão enfurecer.
Por isso, acredite nesta lição:
Faça o que fizer,
Não... aperte... o botão!

Nesse momento, o Fantasma de Oscar Wilde termina a música, provavelmente ao som de mais aplausos do que ele realmente tinha perto do fim da vida.

OSCAR (para TINY):

Acredite, eu entendo todas essas particularidades modernas que tanto lhe distraem. Principalmente o celular. Admiro sua crença desesperada no poder das palavras para sustentar a ligação, quando ela nem existe mais. Mas há um limite de palavras na vida, Tiny, e em vez de jogá-las fora, você devia guardar algumas para você.

TINY:

O que quer dizer?

OSCAR (*recitando, não cantando*):
Anseie pelo momento
em que tudo desaba no chão.
Anseie pelo momento
em que você precisa arrumar o coração.

Pode parecer o fim do mundo...
Mas é sua arte em ascensão.

TINY:
Mandar mensagens de texto? Essa é minha arte?

OSCAR (*balançando a cabeça*):
Não, Tiny. Palavras. Paixão. O perigo de se apaixonar é que você acredita erroneamente que o amado é a única fonte de paixão na sua vida. Mas existe paixão em todo lugar. Na música. Nas palavras. Nas histórias que você conta, e nas histórias que vê. Encontre sua paixão em todos os lugares e compartilhe-a com o mundo. Não limite a uma só direção.

TINY:
Mas ninguém escolhe se apaixonar, não é? Não é uma coisa que simplesmente acontece?

OSCAR:
Você se apaixona e se apaixona e se apaixona. Existem coisas que não podemos con-

trolar. Mas é por isso que precisamos nos agarrar às coisas que *podemos* controlar.

Vou te contar um segredo, Tiny. Está pronto?

TINY:

Estou.

OSCAR (*já quase desaparecendo*):

Você pensa que é um ator, Tiny. Todos pensamos que somos atores e que recebemos o roteiro. Mas sabe qual é a verdade? Você é o escritor. Você é o compositor.

Antes que Tiny possa fazer mais perguntas, o Fantasma de Oscar Wilde desaparece da mesma forma estranha como apareceu.

SEGUNDO ATO, CENA 8

Tiny continua na cama.

TINY:

Foi no mínimo uma visita estranha, e eu não entendi o que aquilo quis dizer. Ainda.

Como se eu já não estivesse confuso o bastante, conforme o ano letivo e meus relacionamentos de ensino médio prosseguiram, percebi que a pergunta do sexo ficava voltando. A pergunta era: vamos fazer ou não vamos?

Não me entendam mal. Acho incrível dar uns amassos. E eu sabia que, quando estivesse pronto, o sexo também seria incrível.

Mas eu não estava pronto. E alguns caras com quem eu saía estavam mais que prontos.

Os **EX-NAMORADOS Nº 10, 11 E 14** *entram no palco e ficam de pé em volta da cama.*

EX-NAMORADOS Nº 10/Nº 11/Nº 14:
Tesão tesão tesão...
Estamos com tanto
tesão tesão tesão.

TINY (*olhando para eles com consternação*):
A pressão era enorme. E me fez perceber que, apesar de eu ter todos aqueles ex-namorados gays, eu não tinha nenhum amigo gay. Sendo assim, liguei para Djane.

Djane aparece no canto do palco com o celular no ouvido. Tiny usa o mesmo celular com o qual mandava mensagens da cama.

TINY (para DJANE):
Sei que sou homem, então eu não devia fazer generalizações tão insensíveis, mas nossa, os homens são muito obcecados por sexo.

EX-NAMORADOS Nº 10/Nº 11/Nº 14
(*murmurando enquanto ele fala*):
Tesão tesão tesão...
Estamos com tanto
tesão tesão tesão.

Tesão tesão tesão...
Estamos com tanto
tesão tesão tesão.

TINY:

(*Para os ex*) Parem com isso! (*Para Djane*)
Viu só?

DJANE:

Posso dar um conselho que vai parecer
simplista demais, mas que na verdade achei
bem útil?

TINY:

Claro.

DJANE:

Noventa e sete por cento do tempo, tudo se
resume a: *Não faça o que não quiser fazer.*
Faça essa pergunta simples a si mesmo: *Eu
quero fazer tal coisa?* Se a resposta for sim,
vá com tudo. Se for qualquer outra coisa diferente de sim, não faça.

EX-NAMORADOS Nº 10/Nº 11/Nº 14

(*cantando uma estrofe e depois cantando
baixinho junto ao diálogo seguinte*):
Tesão tesão tesão.
Tesão tesão tesão.

DJANE:
Algum deles atrai você?

TINY:
Não nesse sentido.

DJANE:
Eles gostam de você como deveriam?

TINY:
Não.

DJANE:
Você quer fazer?

TINY:
Não.

DJANE:
Pronto.

TINY:
Mas como digo isso a eles?

DJANE:
Você é Tiny Cooper. Arrase eles com uma música.

Tiny entende. Quando a música começa com acordes intensos, ele sai da cama e três dançarinos usando pijamas iguais ao dele aparecem. São eles que vão arrasar os ex-namorados enquanto Tiny canta.

[ME GUARDAR]

TINY:

Vocês, garotos que só querem aproveitar!
Que não aguentam quando falo em esperar!
Tenho uma coisa pra dizer pra vocês...
e é mais ou menos assim.
Quero me guardar pra alguém que me trate
    melhor!
Estou esperando e não vou me arrepender!
Se você quer ir até o fim,
tem de oferecer um bom futuro pra mim,
porque quero me guardar pra alguém que me
    trate melhor.

Enquanto Tiny canta a parte seguinte, os dançarinos ensinam os ex.

Não ponha logo pra fora
ainda não está na hora!

Esqueça toda essa pressa
vamos nos concentrar nas conversas!

Não vamos fazer gostosinho
se você não me tratar com carinho!

EX-NAMORADOS Nº 10/Nº 11/Nº 14
(tentando reagir aos dançarinos):
Tesão tesão tesão...
Estamos com tanto
tesão tesão tesão.

TINY
(enquanto os dançarinos colocam os ex no lugar):
Se fazer sexo é o seu único objetivo,
saiba que estou de olho vivo!
Estou dizendo,
quero me guardar pra alguém que me trate
melhor!
Estou esperando e não vou me arrepender!
Se você quer ir até o fim,
tem de oferecer um bom futuro pra mim,
porque quero me guardar pra alguém que me
trate melhor.

Se você quer ir até o fim,
dedique-se para ficarmos juntos e, assim,
os outros nos verão como algo certo,
nos respeitarão quando estiverem por perto.

Não sou um joguete,
Não sou sua mentira cantada em falsete.
Valho bem mais que isso.
Sim, valho bem mais que isso.

Um dia, meu príncipe descerá das estrelas.
E nesse dia me fará
ver muitas e muitas estrelas.
Mas até esse dia, quero me guardar.
Ah, sim, quero me guardar de vocês.
Porque valho bem mais que isso.
Sim, valho bem mais que isso.

O número termina com Tiny saindo para trocar de roupa enquanto os dançarinos triunfam sobre os ex-namorados, derrubando os três na cama e empurrando-os para fora do palco.

SEGUNDO ATO, CENA 9

Tiny aparece usando uma roupa casual, talvez jeans e camiseta. O que for mais fácil. É uma das roupas menos dinâmicas dele.

TINY:
A sensação foi boa. Por um ou dois dias.
Mas logo voltei a tentar. E fracassar.

Os ex-namorados nº 13 até 17 entram no palco e formam um círculo ao redor de Tiny.

TINY:
Eu os cansava. Eles me cansavam. Eles mentiram sobre a cor do cabelo. Eu menti que gostei da cor do cabelo deles. Eu desmaiei de amores e aí percebi que desmaiar é só outra forma de dizer *perder a consciência*.

Em todas as vezes jurei ser de verdade. E *foi* de verdade. Uma decepção de verdade. Um desastre de verdade. Um vazio de verdade. Eu era menos que uma metade, porque sentia que não conseguia ser nem uma metade

Mas pensei no que Oscar e Lynda me disseram. Se eu não tivesse um garoto, pelo menos tinha muitas histórias sobre garotos. E sinceramente? Algumas histórias eram melhores que os garotos em si.

Assim, pensei, o que posso fazer com essas histórias? Algumas pessoas têm poesia, quadrinhos ou filmes como recurso. E eu? Quando pensava no assunto, quando pensava nisso de verdade, eu tinha músicas.

Comecei a pensar na vida como se ela fosse um musical, *este* musical. Comecei a me perder escrevendo-o. O roteiro falava sobre minha vida e, ao mesmo tempo, tornava-se a minha vida.

O círculo de ex-namorados sai do palco.

TINY:

Eu estava me sentindo pra baixo. Até que descobri uma coisa interessante.

Uma pessoa que estava se sentindo ainda mais pra baixo que eu.

Um holofote se acende, e vemos **WILL** *quase catatônico, sentado em um meio-fio. (Se você não conseguir fazer um meio-fio, uma caixa de leite virada de cabeça para baixo serve.) Will é pequeno, está triste e sofrendo.*

Não subestime o poder de atração dessas características. Nellie Forbush, Anna Leonowens e Maria von Trapp apaixonaram-se por tipos assim. É verdade que todos eram viúvos. Mas Will era como uma versão adolescente de um viúvo, só que de luto pela própria vida. Alguma coisa nisso tudo me deu vontade de me meter e deixar as coisas melhores para Will, de adotar os filhos dele e salvar a casa. (Essas duas últimas coisas são metafóricas.)

Voltando à ação no palco, Tiny se aproxima e avalia Will por um segundo. Will nem repara... até Tiny falar.

TINY:

Olá. Eu sou o Tiny.

Tiny estende a mão. Will não está no estado de espírito para apertos de mão, mas retribui o gesto. Em vez de apertar, Tiny o puxa e faz com que fique de pé. Porque é disso que Will precisa.

TINY:

Alguém morreu?

WILL:

Sim, eu.

TINY:

Bem, então... bem-vindo à vida após a morte.

Tiny se vira para a plateia para explicar.

TINY (*para a plateia*):

Uma coisa horrível tinha acabado de acontecer com Will. Não vou contar o quê, porque a história que contamos aqui é a minha, não a dele. O importante é que ele precisava de alguém, e acho que eu precisava ser o alguém de alguém. Apesar de Will ser praticamente um estranho, eu queria estar ao lado dele.

Tiny se vira para Will. E faço questão de ser claro aqui: Will NÃO está a fim. Em um nível que Tiny sequer chega perto de perceber. Porque, na mente de Tiny, é assim que as coisas acontecem: o encontro é fofo, tudo fica fofo e vocês se amam fofamente para todo o sempre, amém.

WILL:

Você não precisa ficar. Sério. Aposto que você tem coisas melhores pra fazer.

TINY:

O quê? E deixar você aqui no desalento?

WILL:

Isso está tão além de desalento. Isso é desespero completo.

TINY:

Awwww.

Talvez você se pergunte o que está passando na cabeça de Tiny no momento. Sei que me fiz essa pergunta muitas vezes depois. Ali está um garoto desesperado e deprimido, e tudo que Tiny consegue ver é o quanto ele precisa de amor. Uma das coisas maravilhosas de se ter um corpo grande é que você consegue acreditar que é capaz de mudar a direção de determinada situação por mera força física, que seu abraço tem mais poder que, digamos, o de um varapau como Will.

Tiny abraça Will com força.

WILL (*sufocado*)**:**

Estou sufocando.

TINY (*acariciando o cabelo dele*)**:**

Pronto, pronto.

WILL (*empurrando Tiny*):
Cara, você não está ajudando.

TINY (*magoado*):
Você me chamou de cara!

WILL:
Desculpe. É só que, eu...

TINY:
Só estou tentando ajudar!

WILL:
Desculpe.

Tiny olha para Will, compreende toda a dor dele. Isso deixa Will bem desconfortável.

WILL:
O que foi?

TINY:
Quer ouvir uma música que escrevi?

WILL:
Como?

TINY:
É um musical que estou produzindo. É baseado na minha vida. Acho que uma das canções pode ajudar neste momento.

Tem uma cena incrível no final do primeiro ato de Once, *quando Guy sobe no bar e "Gold" começa a tocar. A princípio as pessoas reagem com hostilidade, mas, uma a uma, começam a tocar instrumentos e dançar, e, em pouco tempo, o palco ganha vida enquanto Girl anda em meio às pessoas, o rosto tomado de surpresa pela coisa incrível que a música está fazendo. É uma imagem perfeita daquilo em que nós, devotos dos musicais, acreditamos: que a música certa no momento certo é capaz de parar todos os relógios, de afastar todas as preocupações e delicadamente nos fazer enxergar o mundo de uma nova forma. Nós acreditamos nisso porque já sentimos. Acreditamos nisso porque é o que temos a oferecer. Música. Letra. Canções. Uma coreografia leve.*

Pode parecer ridículo Tiny começar a cantar uma música ali. Will acha ridículo. Mas, no coração de Tiny, faz sentido.

Tiny fecha os olhos, abre os braços e canta **NÃO ERA VOCÊ.** *Ele está cansado de toda a injustiça que já sofreu nas mãos dos insensíveis ex-namorados. E supõe que é por isso que Will também está se sentindo tão mal. Além do mais, está tentando impressionar o sujeito.*

[NÃO ERA VOCÊ]

TINY:

Pensei que você dos meus sonhos realidade
   iria fazer,
mas não era você, não era você.

Pensei que dessa vez em tudo novo iria crer,
mas não era você, não era você.

Imaginei todas as coisas que a gente iria viver
e agora sinto em meu coração a calamidade,
mas não é verdade, não é verdade.

Posso ser grandalhão e medroso parecer,
mas minha fé no amor não irei perder!

Do curso com frequência eu resvalo,
mas não vou desmontar de meu fiel cavalo!

Não era você, agora eu sei,
mas há mais na vida do que eu imaginei.

Pensei que você fosse um garoto com visão,
seu convencido, egoísta, megera aberração.

Você me chutou até que roxo me vi,
mas com essa experiência eu cresci.

É verdade, e eu quero mais é que vá se foder.
Existem caras melhores pra conhecer.

Não vai ser você, *compreende vous?*
Nunca, jamais serás tu.

No final, Tiny espera aplausos. E, com sorte, consegue alguns da plateia. Mas Will? Will só fica olhando para ele, perplexo.

WILL:
Quem *é* você?

TINY:
Tiny Cooper!

WILL:
Você não pode se chamar Tiny de verdade.

TINY:
Não. Isso é ironia.

WILL:
Ah.

TINY (*fazendo tsc*):
Não precisa ficar fazendo "ah" pra mim. Não tenho problemas com isso. Tenho ossos largos.

WILL:
Cara, não são só seus ossos.

TINY:
Isso só significa que tem mais de mim pra amar!

WILL:
Mas isso requer muito mais esforço.

TINY:
Querido, eu valho a pena.

Tiny indica um banco que apareceu misteriosamente no palco. (Tudo bem, talvez a plateia veja que foi levado para o palco naquele momento, mas não tem problema.) Tiny faz sinal para eles se sentarem. Eles se sentam.

TINY:
Então, conte seus problemas pro Tiny.

WILL:
O Tiny pode falar normalmente?

TINY (*em sua melhor voz de Anderson Cooper*):
Sim, ele pode. Mas não é nem de perto tão divertido quando ele fala assim.

WILL:
É que você soa tão gay.

TINY:
Hum... tem um motivo pra isso.

WILL:
Sim, mas... não sei. Não gosto de gente gay.

TINY:
Mas certamente você deve gostar de si mesmo.

WILL (*incrédulo*)**:**
Por que eu deveria gostar de mim? Ninguém mais gosta.

TINY:
Eu gosto.

WILL:
Você não me conhece.

TINY:
Mas quero conhecer.

WILL (*surtando*)**:**
Cale a boca! Só cale a boca!

Tiny parece magoado. E é uma reação bastante compreensível a uma explosão dessas.

WILL:

Não, ah, não é você. Ok? Você é legal. Eu não sou. Eu não sou legal, entendeu? Pare com isso!

Agora, Tiny está triste por Will. Porque Will acredita nisso de verdade.

WILL:

Isso é TÃO IDIOTA.

Will segura a cabeça enquanto grita, como se sentisse que a cabeça saiu do lugar. Pela primeira vez na vida, é Tiny o equilibrado. Ele apenas observa Will, espera. E quanto mais observa, mais se preocupa. Quando Will finalmente levanta a cabeça e para de sentir raiva de si mesmo, eles têm um momento estranho, íntimo.

TINY:

Eu nunca beijo no primeiro encontro.

Will olha para ele sem entender nada.

TINY:

Mas às vezes abro exceções.

É como se a gravidade conspirasse para empurrar um para o outro. Eles se beijam de olhos fechados. Quando terminam, Tiny parece feliz e Will parece assustado.

TINY:
Não foi assim que imaginei que a noite fosse terminar.

WILL:
Eu que o diga. (*O tom fica mais leve.*) Mas... estou feliz que você exista.

TINY:
Estou feliz por existir neste momento.

WILL:
Você não tem ideia do quanto está enganado a meu respeito.

TINY:
Você não tem ideia do quanto está enganado a respeito de si mesmo.

WILL:
Pare com isso.

TINY:
Só se você parar.

WILL:

Estou avisando você.

TINY

(*se levantando do banco, encerrando
a cena e se dirigindo à plateia*)**:**
É claro que, quando um garoto te dá um
aviso, você deveria ouvir. Não necessaria-
mente por ele estar certo, mas por realmente acreditar que está. E, na maior parte do
tempo, isso é o mais importante.

Will sai do palco. Phil e Djane entram, e Tiny os chama.

TINY:

Pessoal! Tenho tanta coisa pra contar!

SEGUNDO ATO, CENA 10

Tiny está muito, muito empolgado com Will. Como resultado, fala incontrolavelmente com Phil e Djane. **EMBRIAGADO DE AMOR** *é o ponto de vista deles da situação, além de uma solução para a insuportável tensão sexual entre os dois que os amigos estão aguentando há semanas. Tiny deve falar na maior parte do tempo, com a voz sumindo aos poucos quando Phil e Djane cantam. Quando fala, ele deve parecer bastante embriagado, bastante mesmo. Nas partes em que não fala, também pode fazer uma dancinha feliz de garoto apaixonado. Ele deve parecer totalmente intoxicado pelo novo relacionamento, que em breve se tornará o mais sério da vida dele.*

[EMBRIAGADO DE AMOR]

TINY (*falando com embriaguez*):
Me desculpe por não voltar pra Frenchy's pra encontrar você, mas imaginei que deduziria que peguei um táxi, o que, de fato, fiz, e de qualquer forma, Will e eu tínhamos andado até o Feijão e, assim, Wrayson, eu sei que já disse isso antes, mas eu *gosto dele de verdade*. Afinal, é preciso gostar *mesmo* de alguém pra andar até o Feijão com essa pessoa e ouvi-la falar de todos os problemas, e eu ainda *cantei* pra ele...

DJANE (*cantando para* **PHIL**):
Quem imaginaria, meu Deus, Nosso Senhor?

PHIL (*cantando para ela*):
Nosso querido Tiny está embriagado... de amor.

DJANE:
Pegue o bafômetro
E prepare o termômetro!
Nosso querido Tiny está embriagado... de amor.

TINY:
E ele me manda mensagens, assim, a cada 42 segundos, e as mensagens dele são brilhantes, o que é bacana porque é só uma sensaçãozinha agradável, um simples lembrete de que ele... Olha, chegou uma. (*olha o celular*) Aww.

PHIL:
Parece que nosso amigo não está mais arrasado.

DJANE:
Tiny Cooper, embriagado... de amor.

PHIL:
Ele está nas alturas
como se tivesse roubado as asas de uma criatura.
Tiny Cooper, embriagado... de amor.

TINY:

Faz oito dias que o conheci, e tecnicamente nunca gostei de alguém que também gostasse de mim por oito dias em toda a minha vida, a menos que você conte meu relacionamento com Bethany Keene no terceiro ano, o que obviamente não se pode fazer, já que ela é uma garota.

PHIL:

O velho Baco
precisa saber desse bafo.

DJANE:

Afrodite vai dar uma festa fenomenal
e Tiny é o convidado especial.

PHIL:

Ele saltita sem parar.
Ele se põe a correr.
Isso me faz pensar
Se nós também não deveríamos beber...

A música para de repente. Tiny para. Djane olha. Phil falou mesmo o que ela acha que falou?

DJANE (*falando*):

Você fez mesmo o que acho que fez?

PHIL
(*continuando a música e chegando perto de Djane*):
Não estou prometendo
que vai ser facinho,
mas, Djane, estou pensando
que a gente devia beber um pouquinho.
Tirar a rolha e
afogar o ganso.
Só descobriremos se deu certo
ao ver se o bicho ficou louco ou manso.

DJANE (*chegando mais perto*):
Sabe o que tenho a dizer sobre isso?

PHIL
(*mais perto ainda, os dois meio
que sabendo o que vai rolar*):
O quê?

Acontece um beijo explosivo entre eles. É impossível saber quem tomou a iniciativa.

Eles saem do palco.

TINY (*para a plateia*):
É *disso* que eu estou falando. E foi o que eu e Will tivemos. Só que tivemos outras coisas também. Como medo. E vulnerabilidade. E

incerteza. Tentei abrir caminho em meio a todas essas coisas... abrir caminho para nós dois. Mas, às vezes, não é tão fácil.

A cama de rodinhas volta para o palco, com um lençol diferente. Estamos no quarto de Will agora. É bem parecido com o interior da cabeça dele, em parte infantil, em parte intenso. Embora na verdade o lençol não fosse preto, poderia ser.

Will e Tiny já estão namorando há duas semanas. Tiny está SUPERenvolvido e sente que Will também está, apesar de Will não ser tão claro na hora de expressar o entusiasmo. Mas tudo bem. Tiny aprendeu a entender que seu volume emocional costuma ser um pouco mais alto que o dos outros garotos, e quer que Will seja seu complemento, não seu irmão gêmeo. Não tem problema eles serem diferentes, e um bom motivo para isso é que Tiny pensa que sua empolgação pode afastar seja lá qual for o peso que puxa Will para baixo. Eles vão equilibrar um ao outro.

Will entra no quarto e se junta a Tiny.

TINY (*para a plateia*):
Foi a primeira vez que vi o quarto de Will. Dá para saber muito sobre um cara pelo quarto dele. No caso de Will, eu estava procurando sinais de vida.

*Tiny se aproxima de um aquário com peixinhos doura-
dos ao lado da cama. Você NÃO precisa colocar peixes
dourados dentro do aquário. Isso é teatro. E nenhum
peixe dourado deveria nadar sob os holofotes.*

TINY:
Peixinhos dourados! Qual o nome deles?

WILL:
Sansão e Dalila.

TINY:
Mesmo?

WILL:
Ela é uma vadia.

*Tiny se inclina para olhar melhor a comida dos peixes e
encontra um vidro de comprimidos.*

TINY:
Você dá remédio tarja preta pra eles?

WILL:
Ah, não. Esses são meus. (*pausa*) É pra
depressão.

TINY (*com tom leve, sem entender direito*)**:**
Ah, eu também me sinto deprimido. Às vezes.
(*pausa*) Qual deles é Sansão, e qual é Dalila?

WILL:
Sinceramente? Esqueci.

TINY (*como se estivesse vendo pela primeira vez*)**:**
Olhe! Uma cama!

Com um sorriso quase tímido, Tiny se senta com cuidado na beirada.

TINY:
Confortável!

Will dá uma olhada em Tiny sentado ali e solta uma gargalhada alegre. É um som maravilhoso quando ele ri com alegria, principalmente porque o próprio Will fica surpreso sempre que acontece.

TINY:
O que foi?

WILL:
Tem um garoto na minha cama!

Will se senta na cama com Tiny. Eles dão um beijo delicado, depois Will se deita nos braços de Tiny. É tudo lindo. E eu queria poder terminar a cena assim. De coração, queria que pudéssemos terminar a cena nesse ponto, e que Will pudesse deixar que a situação fosse exatamente o que parece. Mas Will não consegue aceitar. Ele se solta do abraço de Tiny e se senta.

TINY:

O quê? O que foi?

WILL:

Olhe, Tiny, estou tentando me comportar da melhor forma possível, mas você precisa entender, estou sempre à beira de alguma coisa ruim. E às vezes alguém como você pode me fazer olhar pro outro lado, de modo que eu não saiba o quanto estou perto de cair. Mas eu sempre acabo virando a cabeça. Sempre. Sempre caminho pela borda desse precipício. E é uma merda o que enfrento todos os dias, e essa merda não vai desaparecer tão cedo. É muito legal ter você aqui, mas quer saber? Quer mesmo que eu seja sincero?

Tiny assente. É claro que ele quer que Will seja sincero. Quando você está se apaixonando, sempre acha que a sinceridade é a resposta certa.

WILL:

Parecem umas férias. Não creio que você saiba como é isso. O que é bom. Você não ia querer. Você não tem a menor ideia do quanto odeio isso. Odeio o fato de que estou arruinando a noite neste momento, arruinando tudo...

TINY:

Você não está.

WILL:

Estou.

TINY:

Quem disse?

WILL:

Eu digo.

TINY:

Eu não tenho voz?

WILL:

Não. Acabei de arruinar tudo. Você não tem voz.

Tiny toca suavemente a orelha de Will, tenta deixar o momento mais leve.

TINY:
Sabe, você fica todo sexy quando está destrutivo.

Passa os dedos pelo pescoço de Will, sob a gola.

TINY:
Eu sei que não posso mudar nada que já aconteceu com você. Mas sabe o que posso fazer?

WILL:
O quê?

TINY:
Outra coisa. É isso que posso lhe dar. *Outra coisa.*

A próxima música é uma balada, quase uma cantiga de ninar, cantada de Tiny para Will, enquanto o aconchega. Tiny quer tanto que Will veja o quanto ele se importa. Como acontece no amor, ele se importa cuidadosamente e se importa com descuido e se importa muito com a forma como sua atenção é recebida. Ele vê que Will está sofrendo. Sabe que Will está sofrendo. E quer mudar isso. E acredita que o primeiro passo para mudar isso é mostrar para a outra pessoa que você está ao lado dela e que quer ajudar tanto quanto o outro precisar.

Eu queria ser o plano de fuga dele. Achei que podia escrevê-lo.

[OUTRA COISA]

TINY:
Se você está cansado de sentir,
cansado de divergir,
eu entendo.

Se você está cansado de discutir,
exausto só de existir,
eu entendo.

Às vezes é preciso toda sua força
para acordar de fato
só para encarar um dia
que parece sem sentido e chato.

Mas não entre em desespero,
eu serei seu companheiro
e levarei você adiante.

Eu serei seu fim de semana,
a válvula de escape mais bacana,
o sonho que não termina.

Serei seu dia de folga,
sua pausa mais longa,
seu foco na neblina.

Me deixe ser sua outra coisa
e guardar seu passado na prateleira.
Quero libertar você dos problemas
e deixar que viva à sua maneira.

Se você está cansado da confusão,
cansado da pressão,
eu entendo.

Se você está cansado dos pensamentos,
de saco cheio desses momentos,
eu entendo.

Às vezes, é preciso toda sua força
para enfrentar a madrugada,
mas em seguida acordar
e descobrir que a vida é uma cilada.

Mas não entre em desespero,
eu serei seu companheiro
e levarei você adiante.

Eu serei seu fim de semana,
a válvula de escape mais bacana,
o sonho que não termina.

Serei seu dia de folga,
Sua pausa mais longa,
Seu foco na neblina.

Me deixe ser sua outra coisa
e guardar seu passado na prateleira.
Quero libertar você dos problemas
e deixar que viva à sua maneira.

É só você vir comigo.
Venha comigo.
Deixe tudo de lado
e venha comigo.
Todos queremos nossos céus
e aguentamos nossos infernos.
Então me deixe estar por perto
Para ser sua outra coisa.

O fim da música os aproxima. É quase possível acreditar que eles conseguiram essa outra coisa. É quase possível acreditar que chegaram onde precisavam estar.

Isso é difícil de escrever. Por favor, saiba que é difícil de escrever.

As luzes se apagam.

SEGUNDO ATO, CENA 11

Mais algumas semanas se passam. Se você perguntar a Tiny, ele vai dizer que nunca foi tão feliz. Mas, cada vez que diz isso, cada vez que proclama isso, há uma pequena parte que parece vazia.

Ele está tentando equilibrar muita coisa. Seu relacionamento com Will. A criação do musical. O drama/comédia contínuo de Phil Wrayson com Djane.

Não há muito tempo para pensar no amor. Obviamente, isso quer dizer que Tiny só pensa nisso.

TINY:
Milagres e maldições. Maldições e milagres. São a mesma magia, executadas de modos diferentes.

Acontece o mesmo com o amor. Ou com nossa tentativa de amor. A euforia e a decepção. O silêncio e o barulho. A discordância apaixonada e a concordância apaixonada. A mesma magia, executada de modos diferentes.

Há um motivo para que, ao nos lembrarmos de relacionamentos, quase sempre as lembranças mais intensas serem do começo ou do final. Porque é quando estamos mais cientes da magia. Positiva, negativa. Ascensão, queda.

Nas últimas semanas, houve ocasiões enquanto eu escrevia este musical em que achei que ele poderia ter um final feliz. Primeiramente, pensei que escrevia sobre mim, mas aí percebi que escrevia sobre o amor. Achava que podia dar a nós dois um final feliz.

Mas não é tão simples.

Alguns dias atrás, falei uma coisa para uma antiga amiga de Will que talvez não devesse ter dito. Me arrependo disso agora, mas não me arrependi rápido o bastante. Mais uma vez, não vou explicar o que foi, porque a história é minha e não dele.

O final não é feliz, mas não estou convencido de que seja triste.

Algumas coisas terminam. Algumas coisas ficam.

Vamos começar a cena com Will mais furioso comigo do que em qualquer outra ocasião.

Will entra tempestuosamente no palco, zangado e agitado. Ele e Tiny logo começam a brigar. Como na maioria das brigas de casal, começa sendo sobre uma coisa, mas logo passa a ser sobre outras.

WILL:

Você não devia ter feito aquilo.

TINY:

Por quê?

WILL:

Por quê? Porque é a minha vida e o meu problema. E você não pode consertar. Quando tenta, só torna tudo pior.

TINY:

Pare com isso.

WILL:

Parar com o quê?

TINY:

Pare de falar comigo como se eu fosse um idiota. Não sou idiota.

WILL:

Sei que você não é idiota. Mas, sem a menor dúvida, você fez uma coisa idiota.

TINY:

Não foi assim que planejei o dia.

WILL:

Bem, sabe de uma coisa? Muitas vezes não se tem controle de como vai ser o dia.

TINY:

Pare. Por favor. Quero que este seja um bom dia. Vamos a algum lugar que você goste de ir. Aonde podemos ir? Me leve a algum lugar que seja importante para você.

WILL:

Como o quê?

TINY:

Como... não sei. Eu, se preciso me sentir melhor, vou sozinho pro Super Target. Não sei por quê, mas ver aquelas coisas todas me deixa feliz. Provavelmente é o design. Nem preciso comprar nada. Só de ver todas as pessoas juntas, ver todas as coisas que eu *poderia* comprar... todas as cores, corredor após corredor... Às vezes, preciso disso. No caso de Djane, é essa loja indie de discos à qual vamos pra que ela possa pesquisar vinis antigos enquanto olho todos os CDs de boy bands na banca de dois dólares e tento decidir qual deles acho o mais bonito. Para

Phil, tem um parque na nossa cidade, onde todos os times da Liga Júnior jogam. E ele adora o banco de reservas, porque, quando não tem mais ninguém por perto, é muito silencioso lá. Quando não tem jogo, você pode sentar ali, e então só as coisas que aconteceram no passado existem. Acho que todo mundo tem um lugar assim. Você deve ter um lugar assim.

WILL (*balançando a cabeça*): Nada.

TINY:
Vamos, anda. Tem de haver algum lugar.

WILL:
Não tem, está bem? Só minha casa. Meu quarto. É isso.

TINY:
Ok. Então onde fica o balanço mais próximo?

O balanço da primeira cena do segundo ato é recolocado no palco.

TINY:
Aqui tem um!

Tiny se senta em um dos balanços.

TINY:
Junte-se a mim. (*Will se senta ao lado.*) Agora, assim não está melhor?

WILL:
Melhor que o quê?

Tiny ri e balança a cabeça.

WILL:
O que foi? Por que está balançando a cabeça?

TINY:
Não é nada.

WILL:
Me fale.

TINY:
É só engraçado.

WILL:
O que é engraçado?

TINY:

Você. E eu.

WILL:

Que bom que você acha isso engraçado.

TINY:

Queria que você achasse mais engraçado. (*pausa*) Sabe uma ótima metáfora pro amor?

WILL:

Tenho a sensação de que você está prestes a me contar.

Tiny se vira para a frente e tenta se balançar bem alto. O balanço geme tanto que ele para e se vira de novo para Will.

TINY:

A Bela Adormecida.

WILL:

A Bela Adormecida?

TINY:

Sim, porque você precisa abrir caminho através desse incrível matagal cheio de espinhos a fim de chegar até a Bela, e, mesmo assim, quando chega lá, ainda tem de acordá-la.

WILL:

Então eu sou um matagal?

TINY:

E a Bela que ainda não está totalmente desperta.

WILL:

É natural que você pense dessa forma.

TINY:

Por quê?

WILL:

Bem, sua vida é um musical. Literalmente.

TINY:

Você está me vendo cantar agora?

Eles ficam em silêncio enquanto se balançam.

WILL:

Tiny...

TINY:
Will...

WILL:
Você não entende? Eu não preciso de ninguém.

TINY:
Isso só significa que precisa ainda mais de mim.

WILL:
Você não está apaixonado por mim. Está apaixonado por minha carência.

TINY:
Mas eu gosto de você. Gosto muito muito de você.

WILL:
Eu sinto muito mesmo.

Tiny se balança por um momento.

TINY:
Não sinta. Eu fiquei de quatro por você. E sei o que acontece no fim quando a gente cai. Vamos parar no chão.

WILL:

Só fico muito chateado comigo. Sou a pior coisa no mundo pra você. Sou sua granada de mão sem pino.

TINY:

Eu gosto da minha granada de mão sem pino.

WILL:

Bem, não gosto de ser sua granada de mão sem pino. Nem a de ninguém.

TINY:

Só quero que você fique feliz. Comigo, com outra pessoa ou com ninguém. Só quero que você fique feliz. Quero que fique de bem com a vida. Com a vida como ela é. E eu também. É tão difícil aceitar que a vida se resume a ser arrebatado. Ser arrebatado e aterrissar. Ser arrebatado e aterrissar. Concordo que não é o ideal. Concordo.

Mas existe uma palavra, essa palavra que Phil Wrayson me ensinou uma vez: *weltschmerz*. É a depressão que você sente quando o mundo como ele é não se alinha com o mundo como você acha que devia ser. Eu vivo em um grande e maldito oceano de *weltschmerz*, sabe? E o mesmo acontece com você. E com todo mundo. Porque todo mundo acredita que deveria ser impossível só continuar sendo arrebatado e arrebatado pra sempre, sentir o fluxo de ar no rosto enquanto se é carregado, esse ar puxando seu rosto e formando um sorriso radiante. E isso *deveria* ser possível. A gente *deveria* poder ser arrebatado pra sempre.

Você ainda é uma granada sem pino quando sente que o mundo não é perfeito. E eu ainda... toda vez que isso acontece comigo, toda vez que caio no chão, ainda me dói como se nunca tivesse acontecido antes.

Tiny agora está se balançando mais forte, tomando impulso com as pernas, o balanço gemendo. Dá a impressão de que a engenhoca toda virá abaixo, mas ele continua a impulsionar as pernas e fazer força com os braços contra a corrente e falar.

TINY:
Porque não podemos parar o *weltschmerz*, não podemos parar de imaginar o mundo como deveria ser. O que é incrível! É minha coisa favorita sobre nós!

E, se você quer ter isso, vai ter a queda. Na expressão não se diz *subindo* de amores. É por isso que amo a gente!

Porque sabemos o que vai acontecer quan do cairmos!

Tiny pula do balanço... e desta vez cai de pé. Assim que aterrissa, o encerramento começa.

[ENCERRAMENTO]

TINY:

É só uma questão de cair.
Você aterrissa e se levanta pra poder cair de
    novo.
É só uma questão de cair.
Não vou ter medo de bater naquele muro outra
    vez.

Gosto do amor.
Pronto, falei:
eu gosto muito do amor.
Não como metade,
mas como inteiro
procurando outro inteiro.

Quero ser como meus pais são...
Quero viver o mesmo amor, a mesma paixão.
Quero compartilhar esse amor com meus
    amigos...
Quero seguir com eles até o infinito.

Nasci de ossos largos e alegremente gay,
mas aprendi tanta coisa com o que vivenciei.

MAMÃE e PAPAI:

No frio,
no vento,
estaremos ao seu lado.

Sua dor,
seu êxtase,
nós vamos sentir.

MAMÃE:

O tipo mais forte de amor
é o amor incondicional.
Assim que você nasceu
eu conheci o amor incondicional.

PAPAI:

Você me impressiona de tantas maneiras.

MAMÃE:

Você me impressiona de tantas maneiras.

LYNDA e o FANTASMA DE OSCAR WILDE:
Anseie pelo momento
em que tudo desaba no chão.
Anseie pelo momento
em que você tem de arrumar o coração.

Pode parecer o fim do mundo...
Mas é sua arte em ascensão.

PHIL e DJANE:
Esperamos que você possa tolerar
se orgulho de Tiny Cooper a gente demonstrar.
Me abrace mais forte, Tiny Cooper!
Me abrace mais forte, Tiny Cooper!
Mesmo quando estiver caindo,
me abrace mais forte.

CORO DE EX-NAMORADOS:
É só uma questão de cair.
Você aterrissa e se levanta pra poder cair de
novo.
É só uma questão de cair.
Não vou ter medo de bater naquele muro outra
vez.

TINY (*falando*)**:**
Talvez esta noite vocês tenham medo de
cair, e talvez haja alguém aqui, ou em algum
outro lugar, em quem vocês estejam pensando, com quem estejam preocupados, se

afligindo, tentando decidir se querem cair, ou como e quando vão alcançar o solo. E preciso dizer a vocês, amigos, que parem de pensar na aterrissagem, porque o importante é a queda.

Talvez haja alguma coisa que vocês tenham medo de dizer, ou alguém que vocês temam amar, ou algum lugar aonde têm medo de ir. Vai doer. Vai doer porque é importante.

CORO:

Não tenha medo...
apenas caia.
Não tenha medo...
apenas caia.

TINY:

Mas acabei de cair e ir ao chão, e ainda estou aqui de pé para lhes dizer que é preciso aprender a amar a queda, porque o que importa é a queda.

CORO:

Não tenha medo...
apenas caia.
Não tenha medo...
apenas caia.

TINY:

Se deixe arrebatar pelo menos uma vez.
Deixe-se arrebatar!

Todo mundo deve estar no palco agora. O elenco inteiro. Cantando junto. Ex-namorados e amigos. Pessoas da família na qual eu nasci e pessoas da família que criei. Esse é o grande coro que canta minha vida, acrescentando a harmonia que me mantém desperto e vivo e ligado. Nesse momento, eu percebo: não preciso daquela outra voz para transformar minha vida em música. Tem tantas vozes que já fazem parte dela. A dúvida vai nos emudecendo, mas juntos chegamos à compreensão, num crescendo.

ELENCO:

Me abrace mais forte,
me abrace mais forte.
Me abrace mais forte,
me abrace mais forte.

Vou cair,
então me abrace mais forte!
Vou cair,
então me abrace mais forte!

Cada vez que eu cair,
me abrace mais forte.
Cada vez que eu cair,
me abrace mais forte.

De repente, com um grande movimento de braços, Tiny
para a música. Ele vai para a frente, e o resto do palco
fica escuro. Sobra só ele sob um holofote, olhando para a
plateia. Ele fica ali por um momento, observando tudo.
E, então, termina o show dizendo:

TINY:

Meu nome é Tiny Cooper. E essa é minha
história.

Com isso, nossa peça termina. É um final aberto e é um
final feliz. Porque a maioria dos finais felizes é aberta,
bem aberta. Na noite de estreia deste musical, muitas
coisas aconteceram e me fizeram perceber que a vida é
um trabalho em andamento e que somos atores e dra-
maturgos e compositores se abordarmos a peça da for-
ma certa. Essa foi minha primeira peça, e tenho certeza
de que é bastante crua. A maioria das primeiras peças
é assim. Mas não será minha última.

Tenho de acreditar que temos músicas suficientes em nossos corações para musicais infinitos, sobre uma quantidade infinita de coisas. E é divertido, de vez em quando, libertá-las para o mundo.

Obrigado por me ouvirem.

FIM

Tiny Cooper gostaria de agradecer:

A todos os ex-namorados que ensinaram
alguma coisa a ele, particularmente Will.

Aos pais, por serem incríveis.

A Will (não o mesmo Will citado acima),
por ser um melhor amigo mesmo quando
foi difícil ser um melhor amigo, porque
é isso que é ser um melhor amigo.

A Jane, por me ajudar a conter meus
pensamentos mais selvagens.

Aos meus atores, por se sujeitarem aos
meus pensamentos mais loucos.

À sorte, por estar na plateia na noite de
estreia e me dar seu número de telefone. Foi
incrível tudo que aconteceu depois disso.

Mais do que tudo, obrigado a qualquer
pessoa que demonstrou gratidão. Acreditem
em mim, a gratidão é recíproca.

David Levithan gostaria de agradecer:

A John, por também ser pai de Tiny e por sempre
apoiar essa empreitada musical maluca.

Aos meus pais, por serem incríveis.

A Chris, por me deixar repassar o primeiro
ato quando estávamos na Costa Rica.

A Billy, Nick e Zack, por me deixarem repassar o
primeiro rascunho quando estávamos no Hilton Head.

A Collin, por passar parte de seu primeiro
verão em Nova York lendo isto.

A Hunter, pelo conhecimento de musicais
e pelo encorajamento supergentil.

A Eliot, por ajudar logo antes da cortina subir.

A Libba, Nova e Justin pelos check-ins
nas manhãs de segunda.

A todos os meus outros amigos autores, por tornarem
essa comunidade tão maravilhosa. E aos leitores,
por formarem uma comunidade incrível só deles.

A Julie, Melissa, Lauren e todo mundo da Penguin
USA, a Ben e todo mundo da Penguin UK, a

Michael e Penny e todo mundo da Text, e a Bill,
Chris e Alicia por ajudarem Tiny a cantar.

Mais do que tudo, obrigado a qualquer
pessoa que demonstrou gratidão. Acreditem
em mim, a gratidão é recíproca.

Para saber mais sobre este musical, visite:
www.davidlevithan.com/holdmecloser

Este livro foi composto na tipologia Warnock Pro,
em corpo 12/15,8, e impresso em papel offset 75g/m^2,
no Sistema Cameron da Divisão Gráfica
da Distribuidora Record.